天山文萃
乌鲁木齐文学原创精品（第一辑）

乌鲁木齐市文联 乌鲁木齐市作家协会 编

色日克克尔钦的时间

陈漠 著

新疆美术摄影出版社

图书在版编目(CIP)数据

色日克克尔钦的时间 / 陈漠著. -- 乌鲁木齐：新疆美术摄影出版社, 2015.12
ISBN 978-7-5469-7968-7

Ⅰ.①色… Ⅱ.①陈… Ⅲ.①散文集-中国-当代 Ⅳ.①I267

中国版本图书馆 CIP 数据核字(2016)第 019021 号

责任编辑：吴晓霞	责任复审：吴晓霞
责任校对：纪旭艳	责任决审：于文胜
封面设计：李瑞芳	责任印制：刘伟煜

书　名	色日克克尔钦的时间
作　者	陈漠
出　版	新疆美术摄影出版社（www.xjdzyx.com）
地　址	乌鲁木齐市经济技术开发区科技园路 5 号（邮编 830026）
发　行	全国新华书店
网　购	当当网、京东商城、亚马逊、淘宝网、天猫、读读网、淘宝网·新疆旅游书店
制　版	乌鲁木齐博云视觉文化传媒有限公司
印　刷	新疆新华华龙印务有限责任公司
开　本	787 mm × 1 292 mm　　1/16
印　张	15
字　数	260 千字
版　次	2016 年 3 月第 1 版
印　次	2016 年 5 月第 2 次印刷
书　号	ISBN 978-7-5469-7968-7
定　价	35.00 元

网络出版	读读精品出版网（www.dudu-book365.com）
网络书店	淘宝网·新疆旅游书店（http://shop67841187.taobao.com）

目　录

植物定亲

第一部　10种新疆植物的整体呈现

2 / 柽柳根长住了塔克拉玛干

11 / 柽柳的世界

14 / 没砍那棵柽柳

17 / 无花果，沉醉地醒着

21 / 大风吹不老胡杨树

32 / 一棵树拴住一家人

35 / 结婚的树

38 / 搭在房顶的梯子

40 / 等待飘红的落叶

43 / 梭梭就像活煤

49 / 每个石榴都是一个家

54 / 无法走动的树

59 / 在雪线附近居住

64 / 塔一样生长

第二部　天使的颜色
70 / 在路上。棉
78 / 最后一株棉花等在风中
82 / 花大力气把自己长大
87 / 专吃花朵和棉铃的虫子
92 / 信口说蚜
97 / 昆虫们

第三部　与你为邻
104 / 大地的教育
109 / 响冰
115 / 黄云黑云白云
123 / 鸽子笼

第四部　在大树周围
128 / 植物定亲
137 / 城里的树
148 / 树往高处长
153 / 树的道路
156 / 一棵树
163 / 一棵沙枣树

色日克克尔钦的时间

173 / 色日克克尔钦的时间

177 / 少女阿孜古丽的时间

180 / 风车的时间(一)

185 / 风车的时间(二)

192 / 桑树的时间

197 / 热瓦甫的时间

201 / 麦西莱甫的时间

207 / 果园的时间

212 / 少女阿娜尔古丽的时间

217 / 风车的时间(三)

221 / 拉条子的时间

226 / 风车的时间(四)

第一部 10 种新疆植物的整体呈现

柽柳根长住了塔克拉玛干

本分而诗意的植物

肯定有一种更为结实的声音在说话。在大地的内部。用我们听不清也听不懂的声音说。用一种豪迈而委婉的声音说。用歌唱的方式说。

正如紧贴着大地表面居住的人群。虽然东住一摊，西住一堆，但他们总能通过呼喊、电话、书信、传真、电报或网络等办法找到想找的人。用声音告诉对方自己的感受、要求及渴望。让声音传达山一样的苦难和海一样的欢乐。

我常想，在大地的内部，肯定有一种同人一样的物质在秘密地生活和交流。譬如泥土、石头、水、煤、黄金或石油，特别是树根。他们在土地里保持一种同类间的隐秘交流和呼唤。用声音喊住声音，手拉起手,血与血交融。

一个偶然的机会,我把自己要找的这种物质具体锁定在一种伟大的植物——柽柳上。它可以出色地实现我关于大地语言的全部认识和想象。

柽柳是一种朴素、扎实和诗意得无与伦比的植物。就某种程度而言,它是新疆人精神品格的象征。可以完美地出任新疆的区(省)树。

柽柳也叫三春柳

由于其特殊的颜色和品性,新疆人习惯上称柽柳为红柳。当然也有叫它三春柳、西河柳和观音柳的。维吾尔人直接称它玉勒衮。据说其祖籍远在非洲。是1200万年前(上新世)随着海退和气候旱化后,经地中海、中亚细亚来到新疆的。

全世界有100多种柽柳,中国约占20种。其中16种在新疆。绝大多数生长在塔克拉玛干。

在广袤的塔克拉玛干沙漠深处,在一望无际的戈壁、荒滩、盐碱地及河谷,在大地的皮肤下面,成千上万的柽柳早已牵起了手。他们肩并肩站在一起,说不完的话语波涛一样汹涌而至,激荡别人和自己,更多的时候通过语言完善心中的理想。他们诉说成长的隐秘欢乐和忧伤,也诉说整个树类的生存境遇和永不改变的心愿及视线。

在地下。在我们看不见的艰难而温暖的地方,柽柳的根与根交织着,好听的话语响成一片。

而大地之上,其美丽的枝干、花朵和坚毅向上的精神迷倒了众人。

"依依红柳满滩沙,颜色何曾似绛霞"(纪晓岚《乌鲁木齐杂诗》);"萧萧迎马白杨树,的的娇人红柳花"(施朴华《马上闲吟》);"几枝红柳影,对客舞婆娑"(李銮宣《马兰井晚行》)。

清代的肖雄在《西疆杂述诗》中,对柽柳作了这样细致多端的描述:"红柳高不过五六尺,大者围四五寸,叶细类柏,色似蓝而绿,开粉红花,如粟如缨,有似紫薇,嫣然有香,木之最艳者,皮色红光润而贴,削之更现云纹。每枝节处,花如人面,耳目悉具。性坚结,西人作鞭杆。"

我一直喜欢古人的文笔:简洁,准确,高度概括和有效。写一个字是一个字。每个字都像黄金一般饱满、干净和凝练。短短几句话,就把情、景、意全写进去了。这就是古典的高超和魅力。清汤寡水的白话文留在现代人心中永远也说不出的尴尬及隐痛。

塔克拉玛干柽柳

柽柳是一种比古人更古老的物质。新疆人曾发现了来自第三纪末的柽柳化石。

在活了几千万年的树种们看来,人类实在是一些迟来的顽童。人们脆弱的身体、幼稚的想法和语言仍然停留在整个物质世界的蒙昧时期。"人类一思索,上帝就发笑(米兰·昆德拉)。"

那么，还是让我们来到塔克拉玛干，像时间的高墙一样面对伟大的柽柳吧！

1959年，中国科学院新疆分院的刘铭庭教授等人，在世界第二大流动沙漠的沙丘顶上，发现了一种奇怪的柽柳品种——与有记载的任何一种柽柳都不同：枝干柔细，叶子完全退化，紧贴小枝上，以至于不少人认为它不长叶子。它们按照独特的办法生存着，周身写满了生命的重量和渴望。

20年后，中国植物学家向世界公布了该植物的新发现，正式命名它为塔克拉玛干柽柳。

这是一种流沙种。是可以把生命意志和激情无限放大的植物，归广大的塔克拉玛干沙漠专有。流沙流到哪里，它就长在哪里。而向上向远生长的速度总是大于流沙流动和淹埋的速度。从某种程度上讲，塔克拉玛干柽柳是流沙永远无法超越和战胜的克星。

我甚至固执地认为，是否了解塔克拉玛干柽柳是个认识的标尺及高度问题。因为——如果不了解柽柳，就无法真正了解塔克拉玛干。关于新疆和新疆人的正确认识也就无从谈起。

把根须伸进大地内部

一枚柽柳种子随风飘落。偶然碰到了难得一遇的雨点。这些雨点使沙地尚未完全湿润，可我们的这枚柽柳种子却以一种奇怪的力量充分利用起这点意外的潮湿。它抓紧时间落地生根和生长。它在短暂得令人难以想象的时间里完成其生命周期。用充足的时间和精力来对待沙漠里可怕的干旱高温。

一般来说,它会抓紧时间建立起庞大的根部王国。它不顾一切地拼命生根。主根、水平根和数不清的不定根一齐生长。不停地生长和延伸。面向广大的沙漠内部,面向能够提供一切养分的幽深和无穷,面向所有的大欢乐和大苦难。它们按照鸟翅的方向及生存意志,把根须伸进大地内部的光明及富足之中。

还能去向哪里呢?这里是死亡之海。年降水不足50mm,沙面温度70℃。于是——大地的方向就是它们唯一的存在方向,把每一个根须都长得结实而美好,把最敏感而顽强的部分长在根的末端,像目光和唇以及味觉灵敏的舌头。他们把舌头伸进又苦又咸的地下水分之中,从有机质低于1%的贫瘠土壤里吸取养分。

主根是掌握柽柳命脉的部分。垂直向下,沿着命定的深度走,沿着水位走。10米或20米,一直长到令人难以置信的位置上,并且拥有无限的深长可能。它通过持续地深入地下的方式,为柽柳找寻到活下去的物质理由和精神依据,使柽柳成其为柽柳。

发达而繁盛的不定根则是根部王国里最勤恳踏实的劳动人民。他们伸出崇高的欲望和热情的双手,永不停歇地向四面八方扩展。不分阶层和阶级,而是按照劳动的方向和愿望存活及挺进。向一切方面而去。向一切哪怕一丁点水分的沙土深处及沙丘上转瞬即逝的水汽上延伸。它们均匀地扩散和生长,尽量避免因长在一起而消耗过多的沙层水分。每个根须似乎都比人类更懂得珍惜空间和大地。

仅一年时间,一株柽柳的侧根就像游蛇一样长出 11 米左右,主根也能长深三四米。正常情况下,一株两米左右的柽柳可以把侧根伸展到二三十米以外。一不留神,这棵柽柳的根就长到很远的地方的另一棵柽柳的根系里去了。但它们从不吵架和打仗。它们谁都知道,对方比自己更需要生命一样紧张的水分和营养。尊重别人和尊重自己在本质上是相同的。

这些聪明的根须们具有鲸鱼一样滤去水分而留下食物的内分泌系统的特殊能力。它们把沙里的水分和水汽尽数吮吸到体内,再用不算长的时间吸收消化和分解。把自己需要的氮、钾、磷等有机物质吸到体内帮助生长,而把多余的盐、碱、苏打等通过泌盐隙排送出去,以维持内在的平衡,促进发育繁殖和生长。

长得比沙漠高大

在高温的沙漠里保持体温是一件艰难的事情。塔克拉玛干柽柳尽力长大表皮下面的气室,直到长得比任何别的柽柳都大。体温就这样降下来了。它把少得可怜的养分集中用在向上向高生长上,使干枝长得又细又长。即使活了 10 年,其茎粗也只有 4cm。这样一来,再大的风沙也别想吹断和淹埋它们了!即便偶尔被沙淹埋,它们仍能靠不定根的作用活过危险期。活下去,继续生长,并长得比沙漠都高大和威风。

更神奇的是，当强大的沙子埋住自己的时候，柽柳们并不绝望，甚至暗自高兴。因为它们要借此加强生根和增加吸收养分的能力。要保护足够多的湿润和水分。此外，很密很细的叶子脱落后，带出了体内多余的盐碱，又在自己周围形成了新的一层保护被，其养分经过物理反应和生命代谢后，再度被根部吸收，形成良性循环！

沙漠里的人都知道，每株柽柳下面都有一个巨大的沙包。每年，凋落的柽柳叶都使柽柳包增高1厘米。100年后，柽柳包可增高1米。而柽柳也随着沙包的增高而增长。这样一来，沙包（丘）事实上已成了生长秩序中永远的失败者。

挖开一个6米高的柽柳包，从剖面上数出它有600层落枝落叶层，这说明它已活了至少600年了。生物学家们就是用这种办法来判断柽柳的年龄、沙色及研究沙漠的演变史的。

塔克拉玛干柽柳是一种其适应干旱、盐碱的能力都超过了胡杨的植物。除了根系发达细长和枝茎细高外，其叶子也是独具特色的。它们尽量缩小自己，以减少被阳光暴晒和蒸发水分的面积。甚至索性微缩成鳞片，紧贴并包裹在嫩枝上。随柔枝飘摆，又不至于被风沙毁损。猛一看，这种柽柳满树绿枝。人们称其同化枝。光合作用就是凭着这些枝条完成的。别的乔木落叶的时候，柽柳实际上在落枝。而落枝就是落叶。残酷的生存环境迫使枝叶紧密地连在了一起。它们共同呼吸和成长，共面承担悲惨又悲壮的命运。它们一起守护住自己的性命，以及辽阔的塔克拉玛干。

花朵像火焰一样怒放

花——这种在艰难困苦中拼力生长出来的柽柳是怎样度过自己的花期的呢？它们持久地凝结自己的青春和情欲，一次次等待并喊住自己。巧妙地躲过炎热的盛夏，来到凉爽的8月。它们火焰一样怒放开了。谁也阻挡不住它们的美。谁也无法改变大悲壮之后的大艳丽。有一种过来人的大彻大悟和大惊喜。白的高洁，红的浓烈，粉的朴素真挚。

这些花一口气开到10月，甚至更晚一些。这是全世界100多种柽柳中最大的花朵。最强壮有力的种子由其孕育出来，个头比其他柽柳大二三十倍。它们每个个体都有一种缘自苦难的品格和热望，有一种顽强向上的冲击力和坚忍不拔的情怀。像一个个西部片中的牛仔，也像我所知道的坚强的动物——骆驼。

柽柳研究专家刘铭庭教授说：塔克拉玛干柽柳是我国柽柳属中唯一不靠大气降水和洪水而在流动性沙漠里更新繁殖的柽柳。是20世纪人类治沙过程中的重大发现。是一种大生命。是塔克拉玛干沙漠的真正主人。是未来固沙护路护人的希望。

这种柽柳可在非洲的撒哈拉沙漠种植，也可在海拔高达3000米以上的地方成活，还能抗风、沙、热、寒、盐碱等，在荒漠低地及南方的热带地区和亚热带地区成活。广州、天津等地已从新疆引进树苗，把意志坚强得惊人的塔克拉玛干柽柳种到了海岸上。

在塔克拉玛干，柽柳通过不同的特点和个性，为我们展示了一个五彩缤纷的柽柳世界。除9种柽柳分别在春秋开花外,另外10多种柽柳每年在春夏秋季全部开花。这就是有名的三春柳。谁能相信这种神奇的事物呢!那样残酷的环境,那么艰难的生存条件,竟有这样多的柽柳激情难耐。旺盛的生命力涌泉一般迸泄出来。唱不完也说不够。就用鲜花来表达自己。用艳丽的花挽留时间和春天。开始时在往年的枝头开花,后两次花分别于9月或10月开在当年的枝头上。有的结了柽柳果子,鲜花仍不肯凋谢。再后来,每个果子里飞出约20枚带降落伞的种子。轻风拂过,这些土黄色、灰褐色或咖啡色的柽柳种子便随风飘荡。黄沙漫漫,苍天悠悠。数不清的好地方正等着他们到来呢!

柽柳是一种红彤彤的植物

新疆有166万平方公里的地方,其中80万平方公里是沙漠化土地。少量绿洲完全被连绵的沙漠戈壁分割包围。风沙每年给新疆造成的损失多达30多亿元。

柽柳钉子一样钉进了沙漠。一株柽柳守住一个沙包,固结住几十立方米的流沙,一守就是好几百年。一株又一株柽柳长出来了。整个塔克拉玛干都被踩在脚下。它们不停地生长并繁殖。流沙永远也埋不住它们。它们更加枝叶茂盛了。整个沙漠都在其鲜红的花丛的掩映之下兴高采烈地颤动。塔克拉玛干变成一个情深义重的地方。

红根红干红花红愿望——柽柳是一种红彤彤的植物。红色的根握住了沙漠腹部的另一些根。

柽柳的世界

在叶尔羌河两岸,你没法找到一户冷落柽柳的人家。

正如你无法在这里找到没有羊的人家。

这么说吧——羊身上有多少根羊毛,叶尔羌河两岸,乃至整个塔里木盆地四周,就有多少株柽柳。

中国有20来种柽柳,其中16种在塔里木盆地的塔克拉玛干沙漠周围安家落户。它们一边充分享受这里的阳光、微小的水分和稀薄的空气,一边抗击强大的风沙酷暑,阻挡沙漠肆意蔓延及侵害其他动植物的生活。它们竭力保护人群,确保每个人都过得结实有力,幸福满面。

事实上,每个塔里木人都是深怀生活期待和生命感激的人。他们知道怎样有条不紊地过好每一天,也知道合理而充分地利用周围的一切,并尽可能地融入这种环境之中,使自己成为大自然的一个重要环节,成为生物链中的一个节点。

以被热娜古丽称为"结婚的树"的两根胡杨树为起点,库尔班率领儿女在该树到其他树齐胸的位置上,拴上麻绳。地上则密密麻麻地插上了从叶尔羌河两岸砍回来的柽柳。于是,一个由柽柳编织而成的柽柳墙壁围护住房舍,也围护住盐碱含量极大的一颗又一颗期盼美好生活的心。

不光如此,柽柳还广泛运用到日常生活的一切领域。

钉住几根栏杆,竖插上柽柳条子,一个理想的羊圈牛圈马圈驴圈鸭圈兔圈就算建成了。圈顶能铺盖一层柽柳枝,就再好不过了!塔里木的每个牲畜圈都是这么建成的。

人的房屋由胡杨木做柱子檩子椽子大梁等骨架后,四面墙壁、屋子中间的隔墙及房顶等处的庞大空间,就全靠柽柳条交叉编织的篱笆来填充了。篱笆两面再涂抹一层满含盐碱和青草的胶泥,就变成冬暖夏凉的诱人墙壁了。

事实上,就连每家每户房顶上最尊贵的鸽子的房子,也是仿效人的房屋修建办法建成的。鸽子们居住得暖和又惬意。每只鸽子都把主人修给它们的家当成世界上最好的家。别人家再优越的居住条件的诱惑,也别指望叫它们随便离开。

我还注意到,库尔班家马车的架子、木梯掌子、斧头把子、坎土曼把子等,均由柽柳构成。家里取暖用的劈柴是结实耐烧的柽柳疙瘩。就连孩子们玩的弹弓、抛石器及自行编织的草帽等,也由柽柳完成,要是一些诚恳谦卑的人负荆请罪的时候,他们肩头背负的很可能不是荆条,而是柽柳条。

我发现，库尔班家门前铁丝上绑着的几根挂衣服的木棒，也是柽柳枝做的。一根布条拴在一个柽柳枝的中央就成了。一连好几天，这种简易衣架上都挂着司拉音的两件方格衬衣，以及热娜古丽漂亮的花裙子。

很难想象，倘若离开了柽柳，库尔班家的生活将变成怎样的一种可怕而难以忍受的生活。那种生活，很可能已不能叫生活。

人的生活道理就是这样简单而伟大。一件普通得不能再普通的东西，当它普遍存在于你生活的各个领域的时候，你很可能不把它当回事，甚至完全忽略了它的存在。而一旦有一天突然失去了它们的时候，你会发现你似乎同时也失去了自己。

这里的它是一种能指状态。

可以指物，也可以指人。尤其可以指认你的那些最重要的人和你自己。

没砍那棵柽柳

本来大步朝前走得好好的，可库尔班却突然像想起了啥事情似的停住脚步，跟在他身后的我也只好停下来。

库尔班半转过身子看了看，最后索性转过身子，越过我往回走了几步，站在我的右侧田埂上的一丛柽柳跟前。

库尔班把肩头的破冰斧放在地上，用左手扶着，支撑住身体。伸出粗大肥厚的右手，拨开杂草，朝一棵较大的柽柳接近。

库尔班摸了摸这棵柽柳的根部，又用虎口握住，量了量，随后抬头上下看了看这柽柳。

做个斧头把子行不行？——库尔班像问我，也像在问自己。

有一点细呀！——他回答自己。

嘴上这么说，但我觉得他心里还是舍不得放弃这棵小树。我觉得他已提起左手的破冰斧头，举起来，朝小柳树砍去。要不了几斧头，柽柳树就会被贴地砍断。我面对着库尔班，微闭住眼睛，等待举到空中的大斧头砍下去。

也许这种时候，我该拿出点行动或语言，表明我的态度。可我却什么也没做，什么也没说。没有阻拦他，也没有鼓励他。只是那么傻不愣登地站在那里，像一根早已枯死的木头。

这就是我这个人最大的不幸。每当紧要关头，我总是傻眼，没有原则和立场，没有了是非辨别能力，不是充当任人攻击的靶子就是放任他人，无所顾忌地攻击自己心爱的人或事物。平庸乏味、软弱无能或优柔寡断等汉语成语，可能就是专门给我这样的人发明创造的。而事后，当我清醒过来的时候，又往往对当时情形中自己的表现追悔莫及。我甚至开始暗暗佩服起那些聪明伶俐的人。他们真有本事！在任何情景当中，他们都很会密不透风地包裹并保护好自己，使自己永远不受到打击和伤害，而后迅速有力而准确地回击对方。他们真的了不起。那种滴水不漏的防卫意识和能力叫人想模仿都不容易。

我不行。是的，不行。我是个懦弱的人。是个始终不能有效自卫和反击的人。是个见了危险就四肢发软的可怜虫！

举个例子吧！我经常在梦中看到有人在殴打我慈爱的母亲。我急得狂呼乱喊。但却怎么都喊不出声音。最重的愤怒是喊醒自己！我发现自己已气得一身臭汗。醒来了还浑身发抖，咒骂不休！

好像我不是在现实当中存在，而是活在梦里。

我其实一直活在自我设定的梦境之中！谁也拯救不了我！谁都把这件事没办法。

库尔班高举斧头砍向小柳树的时候，我就进入到了这种令人窒息的情境里,眼睛里充满了恳切的恼怒和焦虑。而表面上看,似乎对这一切根本就无所谓,所以一点阻拦的意思都没有。甚至没有恼怒和焦急,甚至还有点幸灾乐祸。我自己都觉着自己无药可救。就这样——我等待库尔班抡起大斧头砍小树的声音。

奇怪的是:高高举起的斧头最终没有砍下来。残酷的声音吗,我没听到。斧头举得很高的时候,突然停住了!就跟有一只更大的手一把抓住了斧头把子一样。斧头猛地停在半空。

用不成,有点细。——库尔班说。

就这样,在一念之间,这棵柽柳因为没活够做一个斧头把子的标准,而保全了性命!

真是一个奇迹呀!

世界上的好多重大的事情,都牵系于一个个微不足道的念头吧!父亲的某次酒后的欢爱造就了一个生命。某人的一个臀部的背影或一次简单的目光对视造就了一场爱情。一个平常的电话引导我来到阿瓦提,并认识了一个迷人的地方。一缕彩虹的亮光带来了整个雨季。一个明媚的笑意照耀了我大半辈子……

被库尔班放过的那棵柽柳一定很旺盛地活在胡杨林里那块棉花地的田埂上。我似乎经常能听见它茁壮健康的呼吸声,还有她随风摇晃的样子。

我希望库尔班早已遗忘了它。

只有遗忘了它才能使它活着并茁壮成长。

我甚至希望它永远别做斧头把子。

——当斧头的帮凶。再去砍伐别的树。

无花果，沉醉地醒着

开始我以为，无花果就是不用开花就结成的果子。世界上竟有如此了得的果实？我不由得寻找起能够确切表达我的感受及形容该果物的准确词语。显然，我受到的震惊是异乎寻常的。

后来我才知道，世界上没有不开花就结果这样的事。无花果当然也得开花，只是她要与众不同地开。隐秘而庞大地盛开在花托之内，并在内部长出果实。当肉质的花托形成微型南瓜一样的无花果，在硕大的叶子下面挂满枝头的时候，整个大地都在幸福的微笑中抖动。

这时我才意识到，我愈发喜欢起这个世界上最珍贵的物品——无花果了！

这是一种极其动人的果实。来自中亚大地。身上沾满了阳光的碎屑。当然还有雪花、微小的露珠、迷人的沙粒和动物们的体香。强烈的昼夜温差不断地把这些形态各异的物质整合在一起，形成一个又一个崭新而迷人的物质,形成格外的诱惑和美。

我竟然如此真挚地推崇并信任无花果。在我看来,她是一种顽皮而朴素的物质。同时是不断制造惊奇和雄心的大果实。从植物类别上讲,这种诞生于中国西部沙漠地带的果实,同来自美国西部的阿月浑子和法国的开心果差不多,矜持、精致、高贵,具有一种超凡脱俗的气质。

从事物的本质形态讲,我尤其喜欢她沉静和内省的样子。她比所有的人都懂得一种内心的生活。在自己的内部发芽生长交配,把淡红色的花朵开放得娇嫩繁多无比,直到长成紫红色的饱满而迷人的自己。

可以说,无花果从某种程度上十分接近我的审美愿望——简洁、大方、内倾、真实。她像那个一直令我着迷的女人——热情而专一,质朴而美丽,并且善解人意及风情,具有一种成熟的单纯和笑意。她还拥有基本的善良健康和清纯而富贵的气质。她像我内心的一尊持久的雕像,默默地望我,也被我默默地望着。她同时拥有东方女人贤淑温柔和法国女人的俊俏活泼及欢乐。在简单而大器的绿叶的映衬下,这种扁圆精美的果实愈发显得楚楚动人了。

其实,一个无花果就是一朵花呀!她把花蓉花托花冠全长在体内,把雄蕊和雌蕊一齐长在内部,把所有的思想情感和阳光和爱意,同时收进心底。她透过良心清白而专一地打量自己深久居住的这个世界。

在塔克拉玛干沙漠南端的和田境内,我见到了一株500多岁的无花果王。占地数亩,枝干巨蟒般缠绕爬伸,每个微小的枝头都托举着繁盛而金黄的果实。它亲手建造起自己的王宫,把一种极端的庞大和雄伟尽情呈现给人观看。

那么种子呢？无花果是怎样完成种的传递和链接的呢？

在一种说不出的甜蜜中成熟。依旧把籽种长在内部。按照必然的生物行进方式走。

种子。一个能够给人带来无穷想象和向往的词语。朴实、高级、亲切,具有持续的爆发力量和无限可能。

一般来说,种子的秘密指向多为动物性的。男人——男人的肉体、生殖器,以及它昂然勃举后喷射出来的热切无边的精液。种子在大地的深处(子宫里)拼搏沉醉和消溺,促使更为强大和圣洁的生命诞生。

更多的时候,种子就是这样以一种赴难者及死亡的面目出现的。通过死亡催生出崭新的事物和未来。让死成为精神的扬声器。

阿莱桑德雷在诗作《树》中明确说:那棵树的根茎是一个死者。

这里至少说出了两种可能:1. 树是由死亡的种子诞生出来的。种子具有了更为精神性、灵异性、神奇性和思想性的特质,成为树或世界诞生的前奏。2.植物由动物的肉身而来。与科学家的看法相反,植物进化自运动生命的生命形态。在几乎所有艺术家的眼里,动植物生命总在经历进化(变异)的循环。甚至相互转换。"树从死者长出,苹果令夏娃眼亮,而夏娃是亚当的肋骨,佛佗则降生于另一个夏娃(当她正手扶一棵植物)腋间,并终于在菩提树下觉悟。人不断变成植物,少女化为蔷薇,老人预制了棺材。当人的灵魂由动物而植物,其肉身形象却从木质中脱胎返回,成为小型雕塑或一个牌位,被供养在玻璃匣中(陈东东)。"

对于神奇的无花果而言,其种子的神性体现在一双深情的目光里。他看见死者的肉身极其明确地形成了这棵大树。树不断呼出氧气给许多动物,并鼓励动物们大面积呼吸,而果实在这种持续的呼吸和风中胀大及形成。

在唐朝,人们称无花果阿驿、底珍和天仙果。维吾尔族人则直接称其树上结的包子。

不知道这种纯净而美好的果实听了人们对它的不同称呼后,心里是咋想的!

大风吹不老胡杨树

不在显赫之处强求,而于隐微处锲而不舍!这就是神圣。

——荷尔德林

谁配领受我的敬爱

走过去,叫他们的名字,向他们鞠躬。或者拥抱他们。这时候你才知道他们是谁!更重要的是你知道了你是谁。你会记牢他们。正如记牢自己。

多年来,我一直期望自己走进一片树林。我感到自己一直在朝这片树林走。我要选准其中一棵大树,围着他歌唱,毕恭毕敬地朝拜。面对这棵树就等于面对着所有的树。所有的颂歌和尊敬都应归送于他。

我选准的这棵树肯定是胡杨树。

因为,只有胡杨才配领受我心中的敬爱,以及关于大美和大生命的持久赞颂。

长赢很多皇帝和朝代

33.7万平方公里的塔克拉玛干沙漠,是世界最干旱缺雨的地方之一。大量迷人的天然胡杨树存活在这里。

当地公民把胡杨统称梧桐。维吾尔族人的叫法是托克拉克。蒙古语的叫法是托奥罗依。也有称其异叶杨、胡桐和水桐树的。所有叫法似乎都在努力接近并抵达胡杨的天性和本质,进而使其再靠近人类或人性一些,甚至希望把他们看作自己身体的一部分。托克拉克就是最美丽的树的意思。

我按照某种命定的指引来到北方,来到塔克拉玛干的这片巨大的胡杨林里的这棵胡杨树下,好像回家了!像看到了我敬爱的父亲,心里踏实极了!

我肯定大老远就开始看他了。譬如在时间箭头的那一端——出生以前。我在母亲四季如春的子宫里看他。我的目光水一样纯洁。我用心用力用情端详我的父亲。我单纯如一。我相信我神一般的父亲就是一棵参天大树。我当时看见的父亲就站在此刻的我的面前。是的!——我见到了他!

我同时相信他也一直注视着我。那是怎样仁慈、厚实而亲切的目光呀!海一样深沉深邃,道一样神秘广大,阳光一样明亮和温暖。

他在不易觉察的角度关注我。他用他的语言说话。他独特饱满的歌声早已传遍了整个塔克拉玛干。

他长有父亲一般的相貌,具有父亲一样的气质和灵魂,也有父亲的父亲的父亲的父亲一样的脾气及血性。他是上帝特意保留至今的一种关于时间的活化石。

20多米高。他或许出生在唐朝。一百年又一百年。他长赢了所有的皇帝和朝代,一直长到今天,长到我面前,并且始终精力旺盛地长着。他肯定还要长过我,以及我孙子的孙子。

这是没办法的事。他就这么不动声色地长着。气贯春秋,君临天下,冷眼看待时序转换,草木枯荣。他用生命击败了所有的生命。他才是真正的帝王。是某种意义上的历史和时间。是综合了天地之灵气的高贵的大美丽。

我看见了这样的皮肤

皮。紧接着我看见了他的皮。人活脸,树活皮。皮就是树的脸。是他应付外界事物的肌肤和面门。可是——这是怎样的脸面呀——沟壑密布,皱纹丛生。灰褐色的皮肤完全皲裂了。一块一块的,仿佛马上要大片脱落似的。事实上,已经有大量的皮脱落了。落在地下。躺在那里。以躺的方式护佑树。更多的则渗入沙土,化为全新的养分,用整个身心滋养大树。

猛一看,你怀疑:这是一棵活着的树吗?粗糙腐朽的树皮使你几近绝望。但他却旺盛地活着。不仅如此,他还有八九厘米厚的新皮结实有力地长在老皮底下。他按照自己的办法自卫呼吸和生长,用世界上最厚的皮肤抵挡最惨烈的阳光、风沙、盐碱及时间的无休止追杀。

奇特的木质

木。这是一种具有特殊木质的树。不是绝对的坚硬,但却韧性十足,意志超凡。其耐水抗旱拒腐排盐碱性能独一无二。这么说吧——沙漠居民所使用的一切生活用具都是胡杨木做成的。婴儿的摇篮、织布机、罗布人的卡盆(独木舟)、妇女最喜爱的梳子、牧民的马鞍、吃饭用的碗勺、新婚男女的小牙床、剁羊肉的木墩、修桥盖房的栋梁、离开世界时使用的棺木……胡杨用其整个家族的身躯恩惠众人。仿佛他们天生就是被人类利用的。为了别人才来到这里。为了这里才长出了自己。

在南疆地区,我见过许多胡杨木箱,纹理美观,防湿防潮,不受虫蛀,经久耐用。同时还有一种雅致的木香味。用这种古老的木头盛衣装米,所有的生活都会变得古朴美好起来。

营盘是古西域36国墨山国的国都。我在其墓地见到了大量胡杨木棺材。当中不少古人是钻进胡杨树里被掩埋的。一根比人粗得多的圆木被一劈两半,掏空后将人放进去,再用草绳或布匹捆住圆木。这样一来,人和树长在了一起。埋在地里也长。默默地长。人、树、大地却融为一体。人就是圆木中的圆木。是能够记牢胡杨恩情的木头。

在塔南的和田地区,一些赤脚的维吾尔族少女脖子上挂着胡杨木项链走村过巷。这是她们的爷爷或手工艺人精心割制出来的饰物。在同样用胡杨木制作的手鼓、热瓦甫、都塔尔等乐器的伴奏下,她们转动艾德莱斯绸裙舞蹈不止。这时的胡杨木项链悬挂得肯定已不只是木头,而是一种如火的青春。是深入生活又高于生活的古朴高洁的美。是站在时间之上的火焰一样清纯的远大心灵和渴望。

伸向天空的手

枝。这是胡杨伸向天空的手。不停地伸长,诉说,以及呼唤。以高过太阳的样子上升。尽管如此,他的枝丫却总也长不长。他几乎长不出树枝。更多的时候,只是长在树桩上的树梢。风沙把他吹打成了这样。从树木的整体利益上讲,他也不能让树枝占去过多的养分。所以就拼力长出一些筷子粗细的梢子,赶在夏季里长出几片等待枯黄的叶子,以抵抗更大的风暴。让强大更大,尊严更尊。

这么细嫩的树枝是做羊鞭的好材料。把牛羊抽打得欢天喜地,青春勃发。让所有动物在欢乐中膘肥体壮。

当然,这些枝条还会顽皮地受用于其他用处。比方做弯弓射大雕。比方用其柔韧的纤维造纸。这样一来,武者文者都睁大了惊奇的眼睛。看似细嫩的枝条不知不觉之间就喂肥了人类的欲望。

令人着迷的叶子

叶。异叶杨的意思是指一棵树上长满了许多不同叶子的胡杨树。

年幼的时候,懂事的胡杨叶把自己长成线状;15岁左右又长成狭长小巧的柳叶,尽可能地减少受热面积和水分挥发数量。即使长成成年树,在靠近地面的地方,也始终生长着这类柳叶,而树冠上方则依次生长着椭圆形、广卵形、菱形或心形的树叶。在这里,我们可敬的胡杨把生存能力发挥到了极致。他教给我们许多难以想象的活法,要我们一个比一个活得更好。

这些叶子里长满了钙和盐。骆驼、塔里木马鹿、羊和兔子都喜欢吃它们,并且一个个吃得膘肥不止,连拉出的粪便都营养不俗。而胡杨正是在这些肥料中生长得更加欢实坚强了!

沉默的泪水

泪。被风沙欺凌得难以忍受的时候,胡杨也会默默地流泪。他无声地哭泣时,整个沙漠都会一同落泪的。

胡杨泪和人的泪在本质上是一样的。我甚至想,所有动物植物的眼泪都是一样的。就连大海的泪也相似。泪——含有盐。液态的固体,晶莹,透亮,质朴,坚硬。拥有重要的生命要素,同时也难以捉摸地生动、神秘、神奇和温柔。

在年老或年轻的很长日子里,胡杨静静地流泪。纯净而美丽的泪水无声地滑落。天长日久，泪水蒸发，除去盐外，大量眼泪凝结成碳酸钠（胡杨碱），灰白色，硬而纯粹。像天使们吼唱出来的清洁的圣歌。清晨，塔里木的妇女们手提柽柳筐来到胡杨林里，一边哼唱情歌想念情人，一边采摘这些生物结晶。她们要用其蒸馍馍打馕，或者用其当做洗衣服的肥皂。用不完的时候就卖给皮革厂，工人师傅们可以把它当成脱胶制革的上好原料。

眼泪使我们看到了胡杨树最脆弱的一面。而这种脆弱使他愈发完善雄伟，栩栩如生。我们终于知道，大树也会儿女情长甜言蜜语。大树偷偷教给我们许多高深的生命道理。

牢靠的根

根。胡杨是天底下最懂得珍惜和利用水分的植物。哪怕仅仅只是一些潮湿的沙土，也别想逃过他的眼睛。他放逐出庞大的根系，深入地下，扎进比深更深的地方。水贵如命。不，水就是命。谁能知道他的根的全部勤恳和秘密呢？可以这样说：一棵20年以上树龄的胡杨，若将其主根和须根连接起来，长度可达几十公里！他能在每年降雨只有十几毫米而蒸发量高达几千毫米的沙漠中茁壮成长。

根是大树最牢靠的部分。是所有生命的本质和希望。是要害和心脏。根本这个词一下子就说到了根子上。

搬不动的大生命

场。几乎所有的大生命都是搬不动的。长在那个地方,一动不动,直到老得再也长不成为止。

胡杨树多生长在炼狱般的环境里。盛夏,塔克拉玛干沙漠的气温高达80℃左右,沙子里能埋熟鸡蛋。冬天的气温则零下50℃。胡杨纹丝不动地长在这些地方。谁也别想动摇他们分毫。

资料上说,2500万年前(中新世),他的祖先就长在了天山南北。1200万年前(上新世)遍及中亚。而最早出现的日子是1.35亿万年前(上白垩纪)。有人先后在新疆库车千佛洞、甘肃敦煌和西藏东北发现了1000万年前的胡杨化石,其模样和今天的胡杨差不多。

这种古老是别的树种和人种所无法比拟的。

他种子如针,跟着河流和湿地生长。水流到哪里,他就长到哪里,塔里木河、叶尔羌河、和田河、克里雅河、尼雅河、安迪尔河及北疆的玛纳斯河、伊犁河等河流两岸,均可看到其身影。

塔里木河流域是一片河的迷宫。河床、泛滥地、支河、岔河、古河道、湖泊、沼泽和芦苇丛纵横交错,炫人眼目。河水喜怒无常地流动。每遇到些微水分,在沙中埋没多年的胡杨种子便迅速膨胀、发芽和生根,夜以继日地奋力成长。要不了多久,这个地方就翠绿繁茂,胡杨如织了!

或许,我的文字无论怎么写也写不过古人。清代的宋伯鲁是这样写《胡桐行》的:君不见额琳之北古道旁,胡桐万树连天长。交柯接叶万灵藏,掀天踔地分低昂。矮如龙蛇欻变化,蹲如熊虎踞高岗。嬉如神狐掉九尾,狞如药叉牙爪张……

胡杨是沙漠里的奇迹

是的,胡杨是沙漠里的一个奇迹。有胡杨树在,谁也不敢说世界已经荒芜。新疆这个名字因胡杨的存在而格外厚重、广博和大器起来!

每个新疆人都知道这件事:活一千年不死,死了一千年不倒,倒了一千年不烂!人们知道这就是胡杨。他们见到的胡杨全是这个样子——眼睛不眨一下就活过了好几千年。

一种看不见的光芒覆盖并充满了我

我小心翼翼地来到这棵大树下。坐在他身旁。一种看不见的光芒覆盖并充满了我,内心安宁极了。

塔克拉玛干无情的风沙日复一日吹打着树。他的身子歪了,皮肤被晒爆,生长的愿望被残酷地限制。他的枝丫几乎长不成,甚至连叶子都长不了几片。一场风暴过后,他面目皆非遍体鳞伤,但他却活着。坚毅而无怨地活着。像一位饱经风霜的母亲,也像高大雄伟的父亲。

我认为,在这样的大生命前坐下来是需要勇气和资格的,配坐这里的人必须是高尚的人。至少他应该是个坚强勇敢而无私的人。懂得沉默和爱。知道怎样才能够在险恶的环境里活得威风端正,又大又好。

那么我是这样的人吗?

我坐在这里,一句话都说不出来。我聆听他厚重的呼吸及心跳,并在他仁慈的注视下平和幸福得像一根搁置在满弓上的箭,只要拉弓的人稍一松手,我就会飞速射进时间和生活,成为生命的赢家和生活的高手。

同这棵千年胡杨树比,我活过的几十年工夫简直不是工夫。此外,我的苦难和悲伤算个啥!我流尽一生的眼泪也无法湿润他脚下的一捧沙土,我说一辈子话也抵挡不住他一刻的沉默。在他看来,活蹦乱跳的我们滑稽而可笑,有可能连只蚂蚁都不如!你说你们成天在公共汽车及水泥盒子里挤来挤去,呜哩哇啦忙个啥!

可是,我却是手握斧头和锯子的那类人里的一个呀!我们只会张牙舞爪残忍凶狠。为了自己的利益,可以丧心病狂地砍剁杀伐。

此刻,我像个做了错事的小学生,下意识地把手藏于身后。我羞于提到斧头钢锯这样的事。如果腰里别着斧头的话,我恨不得让它立刻钻进地缝里,并彻底消失!

我就这样婴儿一样清洁而宁静地坐在树跟前。被巨大的向上的力量鼓励着,饱满幸福得浑身发光,仿佛一下子找到了遗落及荒芜了很久的家园,找到了一个精神的父亲,一个高大的心灵依靠。用信徒的话说,就是找到了一种个人的宗教。教义是绿色的。教规还是关于绿色的。

在大树底下,我的心同他的心默默交谈。我无声地注望他,也被他注望着。我感到自己正在变得纯净、崇高、饱满和强大。我正圣徒一样虔敬淳朴和富足起来。

中国胡杨

全球10%的胡杨树长在中国。而中国90%的胡杨树长在新疆塔里木河流域。世界最大的和唯一的原始胡杨林也在这里。

实在找不到更理想的比喻的时候,人们就把自己这一类中的习惯愿望用到树身上,称胡杨"沙漠英雄树"。

实际上,胡杨的品格、智慧、坚毅和伟大,又岂能是英雄两个字所能涵盖得了的呢?

大生命在本质上是不朽的。也会使所有的比拟都显得苍白无力。这种生命,牢固地屹立,或者訇然倒下。无论活着还是死去,他都是不可磨灭的。他高贵而迷人的精神气息永远存活在我们心里!

一棵树拴住一家人

在库尔班家西边的小路旁，一棵年轻的胡杨树不动声色地长在那里，并且用结实迷人的身子拴住了一户人家。

这家人离好几十米高的森林防火瞭望塔不远。我估计很可能是哪位护林员的家。

屋里没人。几次路过时，想进屋坐坐而不能。我只好凭想象来认识这家人。站在房前，我觉得这家人过得比谁都了不起。

房屋东西走向建造，胡杨树被围裹在房子靠后的位置，树叶尚未凋落。房顶上方的庞大树冠伸展在那里，似乎形成了一个更为巨大的天然的房顶。

就这样——这户孤独的人家和这棵孤独的胡杨树紧密地依偎在一起。相互搀扶和依靠，相互支持鼓励，相互抚摸着面对各自的生活。

房头有一个土块垒起的简易羊圈，羊圈前边搭建了一个由四根柱子支撑起来的凉棚。棚顶的木杆和芦苇草被人抽走了，只剩下绑在柱顶的四根方框横杆。

大风一年四季吹个不停，凉棚早被吹歪了，歪向北方。从正面看，柱子全部错落到了别处。柱顶的木杆方框也跟着歪向北方，形成菱形图案。

这个图案框向空中，使天空猛然廓出一个有趣的图形。这个图形以静止的方式在空气中来回移动，似乎我们脚下的大地、我们的亲人及生活也跟着这种办法在移动。还有我们的心，我们的灵魂和呼吸……都在安静地动！

我进一步发现，不光这个凉棚，甚至羊圈、整个房屋，甚至连长在房屋里的这棵年轻的胡杨树，都歪向同一个方向——北方。我觉得住在这个屋子里的男人女人，以及羊圈里的羊群、拴在凉棚下的骏马、牧羊犬等，都把身子往北歪斜着，以歪倒的方式往上长。一边长一边倒，一边倒一边长。我觉得很可能整个大地都在按照向北歪斜的样子往前延伸！

似乎有一只看不见的手，用一种神奇的力量从南部使劲儿。一刻不停地推动着这一切。使大树、房屋、凉棚、羊群和人群一齐朝北部歪斜。到头来，我们的鼻子、眼睛和嘴巴也不知不觉地歪了，手势和灵魂也跟着歪。

这种时候我才想起一天到晚呼呼不停地刮过耳旁的风。它们原来就是在诉说和议论这件事呀！它们携带着时间的重量及语言，边暗示某种神奇的事物边暗中用力推击，好像它们一眨眼就能明白方向,一用力就可以改变世界的模样。

原来,风、空气、阳光、雪和沙粒都是大地最隐秘的语言方式。原来这些言说办法能够不露痕迹地说坏一些美好的事物和愿望。使房屋漂移到别处,使时间转换成命运,使一粒不起眼的种子飘落到一个人的心里并在那里扎根发芽。

我站在房子对面的一个沙包上,仔细地观看眼前的这户人家,同时胡思乱想一些不着边际的事情。风沙不停地在我身旁刮来刮去,也不知道它们最终要把我吹向北边的哪个地方?

房顶的这棵年轻的胡杨树的树干不动声色地向北歪倒着。整个树冠、树枝、树叶也一齐向北倾斜。树枝高扬着,长而有力地朝北方飘飞。看起来,极像我最钟爱的女人总是飞扬的头发,更像我心头盘绕不息的一段悲伤往事。

一户孤独的陌生人家与一棵树相依为命,并且任其拴住身子、灵魂和整个世界——这件事想一想都叫人悲伤和感动得想哭。仿佛有一只看不见的手,一下子抓住了我们共同的命运。

要是哪天有心情,你就过来,我把这棵树和这家人指给你看!

结婚的树

中午,太阳亮晃晃地挂在天空高处的一个看不见的地方。雪一阵密似一阵地下。微风怀抱灰尘、树叶或牛羊的气息,不时从身旁跑过。

还不到把羊群从西边戈壁滩上赶回来的时间,我在屋里坐不住,就跟着热娜古丽房前房后地跑。一时间,我不知道干啥才好!

心情愉快的时候,我经常不知道干些啥才好!

库尔班到丰收三场给二儿子司拉音开结婚证明去了。我等他回来。下午一起去接羊群回家。

热娜古丽用歌曲《新年好》的曲调冲我唱道:你别等爸爸,你别等爸爸,爸爸喝酒去了!

我也用同样的曲调唱道:爸爸没喝酒,爸爸没喝酒,爸爸去开结婚证明了!爸爸答应,下午回来,和我一起去放羊!

热娜古丽又唱:今天过肉孜节,今天过肉孜节,丰收三场不上班。爸爸开不出证明,爸爸去场部喂鸽子,爸爸还要到亲戚家里去喝酒吃肉!你被骗了,妈妈被骗了,只有我知道爸爸的想法!

我还想对唱几句,却突然唱不下去了!我被热娜古丽唱词中的真实性和眼前这个10岁小女孩的聪慧惊呆了!正好吐拉罕喊她到偏房去拿扫地的扫把,她一吐舌头跑回家干活去了。我则懵在那里好半天,悉心品味她的唱词。

后来我才知道,库尔班果然到亲戚家喝酒吃肉去了!他家在丰收三场场部还有几间平房。房顶也养着100多只鸽子。

干完活跑出来时,热娜古丽的一句话又叫我惊喜了半天。

她指着门前的两棵树说:看,结婚的树。

我这才注意到,这是两棵长在一起的胡杨树。一个粗壮高大,一个矮小纤细。靠近地面的地方,却紧紧地长在一起,成为名副其实的连体树。

不知道眼前的这位小学二年级的学生热娜古丽是怎样看待结婚、夫妻、爱情等词语的?也不知道她如何理解结婚这件事?有一点可以肯定,她简单直观的理解方式具有一种毋庸置疑的准确性和杀伤力,令我们这些成天咬文嚼字,并把夫妻关系弄得面目皆非的成年人羞愧。

在热娜古丽看来,所有结婚的人都应当像这两棵树一样,牢不可分地长在一起,站在一起。共同经受风吹雨打,阳光暴晒,沙砾围剿。生死相依,心心相印,永不分离。

猛一看,小胡杨树似乎是从大胡杨树体内长出来的。长出来后,就牢固地跟大树站在一起。相依为命,共度大好时光。

这其实符合人类持久的愿望。

《圣经》上都说,女人是从男人身上取一根肋骨变成的。

这时候,我们不得不佩服孩子们纯净而准确的迷人思想。热娜古丽一句话就说出了一个大真理。

这个真理同她在那个有雪的正午的唱词一样动人心魄。

搭在房顶的梯子

这把梯子搭在房檐上多少年了？热娜古丽说不上来。也不愿意说这件事。在她看来，问这样的问题还没有抱一会儿大花猫及跟猫说几句自言自语的话有意思。

梯子搭在那里似乎就没动过。这一点从梯子把房檐压出个很深的凹槽这一景象上就看得出来——梯子搭在那里的日子肯定不短了！

这是库尔班自己做的简易木梯。两根支架是由年轻时被砍伐了的胡杨木充任，七根掌子则由红柳枝完成。掌子只有大拇指粗，间距极大，踩上去呼闪呼闪的，叫人胆战心惊。

库尔班说，因为是红柳枝才不害怕，再细都不怕。这个东西吗？铁的一样，结实得很！

说着话，他端一搪瓷碗小麦，蹬蹬蹬几步跨上房顶喂鸽子去了。

我跟着向上爬，每踩一脚，很细的红柳掌子被踩得嘎巴直响。

但就是踩不断。

掌子被磨得发光。两侧的胡杨木也被上下的手掌磨抓得泛光。

我说:梯子放在这儿好多年了吧?

库尔班说:没有多少年。

我说:挨地的这根掌子都踏断了!

库尔班不信。他看了一眼□子,又看了一眼我,摇了摇头。但他从房顶下来,看到这根坚硬的掌子因不堪重负而即将断裂时,有种气急败坏的感觉。心想:我库尔班的东西,那能说坏就坏呢!

他抬起右脚,一脚后跟把这个马上就要断裂的掌子踏成两截,而后抽出它们。一挥手,扔到了羊圈上的柴堆里。

库尔班生这么大的气。其原因看起来是这根掌子让他在客人面前丢了脸,最主要的还是他感受到了时间的疼痛。他感到了一种无助的东西,他觉得时间这个怪物,肯定早晚要摧毁一切。

包括这根掌子,这把梯子,这套房子,这片树林,他自己,以及自己的宝贝外孙女热娜古丽。

你想想,铁一样硬的木头都扛不住时间和应扛的重量了,这个世界还有啥可指望的!于是,最直接的办法是摧毁这根掌子,不要它了。甚至抽出它们,扔出去。扔得越远越好。

时间之手一刻也不安闲。摆弄着我们的目光、肉体和生命,也摆弄着我们所生存的这个世界。再高大结实的梯子,也攀爬不过它!

等待飘红的落叶

一路上，我一直在想一件事——胡杨的叶子咋还不黄？

这是一个微小而严肃的问题。我把这个问题问向很多人，而路上的人大多回答得轻描淡写。有的说大概时间不到吧！也有人说胡杨叶子根本就不黄，而是发红。至于红叶产生的时间，说10月中旬下旬及11月上旬的人都有。大家普遍认为这是一个不值一说的事。毕竟对每个人来说，每天值得一说的大事小事实在太多了。

但对我来说，事情进展的样子却完全不同。也可以说我是个在诸多事物面前不得要领的人。一些轰轰烈烈、使很多人欢呼雀跃的大事，在我看来根本就不值得一提，而被绝大多数人忽略或认为不值得一提的细枝末节上的小事，却往往令我倍加关注，并痴迷不断。我大概就是这么一个蹬不展的人，既没出息，又没气魄。

比方关于落叶飘红这件小事的不住在意和猜想。比方胡杨树叶满心潮红地离开枝节，犹豫不决地跃向空中，并翻飞而下时的悲怆又动人的样子……

在我看来,眼看着胡杨树叶子发黄或发红这件事十分重要。其程度不亚于看一场我最喜欢的电影,甚至可以说,这件事是我这次来塔里木的重要使命之一。我就是要看红叶才来的。从塔北塔东塔南到塔西,我要眼看着我的塔里木的胡杨树火一样彤红起来!我要塔里木在瞬间的刻度上定格并灿烂起来。我要她比美更美。

我像一个嗜血者——一个极度贪婪的人,一个手忙脚乱的急于打开青春的人。我把照相机的镜头伸向每一个动情的地方。我已拍完了近20个胶卷,可我依然不甚满足。我等待着那抹迟迟不肯到来的红色。

我等着——也许早就等到了。那些红色黄色白色或绿色的落叶早已飘进眼里飘进心里。我已拥有了全部的叶子。我说过,我像个暴发户,一踏进塔里木,就暴富起来。一夜之间拥有了一切。一伸手就抓住了两个世界。

我多么幸运呀!我的内心充满了感激。我感激我的盆地,以及我的到来。我是那个愿意一直在这个盆地周围行走并进入其内部歌唱的人。此刻,我走进塔里木仍想念我的塔里木。

我在塔里木的边缘部位行走。我能够清晰地感受到盆地的呼吸和温度。我能听到她仰面朝上时说过的那句话。我能够坚定而轻柔地走进盆地腹地,同大河沿或牙通古斯的原始居民说话,或者给那些看得见及看不见的孩子们一个愉快的预示。我告诉他们:大地的路一直往前延伸着,走出沙漠之前要先走出自己。

在塔里木河上游地区的伊明切克，我爬上24米高的森林防火瞭望塔，终于看见一株叶子正在发红的胡杨树。而我的回族朋友马松岳和维吾尔族森林管护者毛拉肉孜·艾买，当场指出了我想象的破绽。他们说那是一棵病树。

在塔里木河下游的台特玛湖地区，我又看见了许多红叶胡杨。年轻的满俊红女士却告诉我，是缺水造成了树木早衰，树叶早黄早红。

我能找到的飘红的叶子似乎都是非正常的。这件事提醒我两个真相：寻找的艰难和持续寻找及发现的必然性。

我相信大面积的红叶肯定存在。那种强大而完整的美肯定在——在我美丽的塔里木盆地！我肯定还要一步一步走下去，饱满而充足的阳光一直照耀着我。我的红色落叶必定在某个隐秘的地方等我！

你知道吗？在这个辽阔而深邃的盆地里行走，我满身忧郁却满心温暖。我学会了感激和思念。学会把暴力的自己野兽一般交出去，随后仔细地欣赏别人及世界。我把某个沉沦或钝化的肉身打捞出来，用语言的美击中她，再用目光一万次照亮她！

这次，我的核心使命是寻找并捉住那精美绝妙的故事，而后再将其展示给爱看故事的人。我认为我找到了。我成了故事。我被自己的手捉住。在时间的墙壁上不停摔打，最后被空酒瓶一样扔掉。

无论如何，我要等到那飘红的树叶。

我看见那些叶子一边歌唱一边飘落。

梭梭就像活煤

这种结实的植物

结实的植物同许多结实的事物一样，能给人带来一种牢靠的印象和运气。使广大更大，绿色更绿。使艰难曲折得几乎不可能实现的事物得以完满实现。

我觉得，新疆同时是名词、动词和形容词。在这个中亚腹地的广大地区的沙漠地带，一种被称为梭梭的神奇植物牢固地生长着，像沙漠之花，更像大地的寓言。

那么，谁在那里终日眺望这里？谁在向我们讲述这一切？谁亲手栽种了这些坚强得可怕的植物，又把我们神秘地搁置在它身旁？我们是什么它们又是什么？如果是人，那么我们除了永远不放弃向它们学习和致敬的权利及机会外，还能做些什么呢？天哪！我就是一枚一直也没机会成熟和开放的青果，孤零零地倒挂在时间之树上。被风干和遗弃，那些过路的人甚至连看也不愿多看我一眼。

这个时候，我看见了梭梭——看见了一个卑微而又红火和顽强得像思想者一样的巨大生命。

梭梭可能是天底下品质最坚硬的植物。生于沙漠，长于沙漠。奇怪的是，粗暴的阳光和干旱的气候竟残忍地磨砺了他的性格，使他们成为最激动人心的树种。

在我的印象中，橡树、梨树和陕西的黄龙木等一些少有的树木，与梭梭同属一个范畴。只有这些木质坚硬，品格坚定，性情高贵的植物才有资格接近或匹配梭梭。需要的时候，这些纹理细致紧密的木头可以刻制玉玺图章和腰牌，可以打制成农人家里精美而厚实无比的餐桌。

梭梭的祖籍

梭梭的祖籍很可能在地中海一带。其家族约10种。大多居住在中亚西亚地区。新疆总共有两种——白梭梭和黑梭梭（梭梭柴）。前者是小乔木，后者是小灌木。两者都是典型的沙生和超旱生植物。生长慢、树龄长、品质好！

慢下来，扎实而坚定地生长……这是梭梭提供给我们的特别启示。他教会我们如何在极端险恶的环境里平静地呼吸扎根和往上长。教我们怎样对待自己和周围的世界。教我们学会面对苍白而悲凉的热，以及学会雷打不动的爱。

生存态度和模样

其实,仔细地观察梭梭的生存态度和模样是一件极其迷人的事情。

"梭梭滩上望亭亭,铁干铜柯一片青(纪晓岚语)。"

"沙滩之中,生琐琐柴,为漠地特有者。高四至五尺,围不过数寸,屈曲古梢如树根,皮白叶圆,性若朽脆,折易断而无声,拨之根即出,宜烧为灰。甚坚结,久热不消,炙之有力,作柴则无焰(肖雄《西疆杂述诗·草木》)。"

大才子纪晓岚和肖雄分别从广大和细小的方面,一下子把梭梭的气势及特性全说出来了。

给一粒梭梭种子浸水,1 小时 55 分钟内,即可完成种胚突破种皮的复杂而微妙过程,成为新的个体。

9 岁前的幼树,树冠高度大于宽度,呈卵圆形。小枝挺直向上。树皮不是褐色,而呈浅绿和淡黄色,带有深灰色的条纹。

长到 20 岁时,梭梭像人一样地进入成年期。显著特征是:树冠缓慢长高。完全发育成熟。标致圆润饱满,繁殖力旺盛,一副雄心勃勃的样子,能干成天下大事。成形的小枝略有下垂。

25 岁时,梭梭进入中年期。高生长停止,树冠稀疏,略有枯梢。

30 岁后,树梢头发一样干枯凋落了。

梭梭的寿命就像一个人的寿命。60 花甲,70 岁古来稀。但许多高龄梭梭则可活成百岁老木。它们冷峻又慈祥地威严着,极具尊者风范。

5月上旬,迟到的春天携带着清冽的季风一下子吹醒了塔里木和准噶尔盆地。大地的春情一夜间被点燃,沙漠、戈壁、荒滩迅速清纯烂漫起来。花——细小繁多、淡黄艳丽的梭梭花汉字一样优雅而古典地芬芳和茂盛开来。那些枯燥乏味的沙子也被深深感染了。一粒粒匍匐在地。动若游魂,静若处子。整个塔克拉玛干都开始在一种庞大的寂静里放声歌唱了!

花朵,说给沙漠的诺言

然而,所有美好的事物都注定是短命的。梭梭花稍纵即逝,昙花一样不见了。很多人是没有目睹其容貌的眼福的,以致不少人误认为梭梭不开花。

花。小巧精美雅致高贵,极像我最喜爱的丁香花和水仙花。深红色的蕊,以及迷人的絮。谁能够长久地将这种艰难的沙漠之花烂记于心呢!谁能放声歌唱他的灵魂并守住其短暂的青春和美?

五瓣花朵,就是五个童话故事。是天空说给沙漠的五句诺言。

果期到了,五个花瓣变成五枚膜质翅。天使一样护佑着种子。貌似腊梅,气若圣贤。他们手挽手迎接盛夏或隆冬的火速到来。

把枝叶长成扫帚

残酷的干旱环境能形成许多生物怪胎,同时也可促使那些顽强的生命产生一些独特的活法。梭梭就是一个品性特别的例证。

梭梭是没有树干、阔叶、针叶的不能遮阴的森林树种。为了活下去,他连叶子都尽可能省略和退化了,使其鳞片一样贴伏在枝条上。主要凭坚硬的树枝尖端的绿色幼枝,进行光合作用及其他生理作用。

我们亲爱的梭梭们努力把自己的可信赖的枝条长成浓密的扫帚状。从6月开始纷纷脱落,盛夏时再分期分批地大量脱落一些。我们的梭梭树就是借助这种落枝的本领,来调节自身水分和进行生物内部大循环的。

品质高过沙漠和人群

与他比起来,人真是蠢笨之极。人光知道向外部事物提出更多的意见和要求,而不会从本身的角度找问题,向内部提出严厉的生存期望。冬天来了赶紧穿棉衣棉裤,天热的时候又急忙换裙子和短裤背心。他们还不住地把这种更衣信息以天气预报的形式,打印在广播电视及传呼机手机上。彼此提醒和通知,生怕换晚或穿错了一次衣服就酿成大错,轻者感冒发烧打喷嚏,重则发生性命危险。人们把这种在梭梭看来不值一提的细枝末节的生活小事全当成了生存大事。

我们信念坚定的梭梭知道怎样按照季节的变化和要求调整及发展自己。他早把自己的生命和生存需要融入天地万物的大循环秩序之中了。他成了大自然这个整体中的一个环节和要素，他就是自然。

譬如，春天一到，他充分利用上天恩赐的冰雪融水迅速发芽生长开花；酷暑难耐时，他开始巧妙地休眠，以贮存来日必需的水分和物质；秋风瑟瑟时节，他抓紧机会使子房发育成熟；冰霜满天了，他进入二次休眠；来年暮春，已木质化的小枝又抽芽快长……四季的车轮在梭梭身上碾动的是一种丰盈的生机和永远茂盛的健康的大觉悟大智慧呀！

梭梭泛绿的嫩枝是骆驼们最喜欢咀嚼的上等草料。它们把自己高远的小脑袋一伸就能吃上满口鲜嫩。它们心存感激。因为梭梭就是某种程度上的父母呀！动物"以食为天"嘛！

能够成功地防风固沙，主要得益于梭梭耐旱防寒抗盐碱的天性。它是沙漠里生命最顽强的树木之一。

人们之所以对其宠爱备至，主要还得益于他与众不同的木质。内部密度大，细致坚硬而爽脆。易燃，火力猛，热量高。人称"荒漠活煤"，燃烧时还会发散出一缕沁人心脾的清香。

几乎所有的维吾尔族人、蒙古族人或哈萨克族人都知道用其烤羊肉串。因为梭梭火炭烤出来的羊肉香嫩可口，芬芳无比。

其实，一个人，能够走进沙漠同梭梭站在一起，就是一件福分不浅的事了。梭梭坚硬纯粹的品质高过所有的沙漠和人群。

每个石榴都是一个家

像大地的秘密心跳

在沙漠里建造一个像样的家。基石是沙子。栋梁是沙子。形状和构造是沙子。每个家庭成员和家的颜色也像沙子——饱满、坚硬、飘忽、紧密。沙子按照自己的方式完善人类的家庭概念,并实现家庭的良多可能。

其实,在我们周围,能够充分体现物种意志,并成功实现沙漠家庭梦想的只有一种生物——石榴。

在塔克拉玛干沙漠周围的和田、喀什、克州、阿克苏及巴州等绿洲里,果园、地头及农家泥屋小院都长满了石榴树。这种多枝丛生的小乔木(或落叶灌木)以一种奇特的状态精心装点着人们的绿色梦想。像大地的秘密心跳,也像想起来就忍不住微笑的幸福往事。

就像江南水乡生长荔枝椰子桂圆(龙眼)一样,北方的沙漠地区的气候条件赋予石榴显著的地域特色：甘甜、干净，精美大方，性格鲜明。

石榴树的呼吸

细碎的叶片注定了石榴树的呼吸方式。以尽可能微小的面积承受中亚酷烈阳光的暴晒，同时又不愿错过所有发生光合作用及强大自己的机会。于是就按照沙粒的形态塑造自己。依照沙子的样式走。坚定地守住良心和绿。守住果实的愿望。守住牢不可破的呼唤。

枝干接近一首古诗

枝干的生长办法接近一首古诗。短小、结实、紧密。像精致的柿树和古旧的枣树。谨慎、质朴、谦卑。同时努力接近大地。在尽可能高的位置上同天空说话。精巧有力的石榴枝节似乎每天都在高唱属于自己的情歌。

声音即是果实。大地的秘密全部被说出来了。红宝石一样的心事，钻石一样晶莹剔透，最主要的是紧凑和整洁。那样地尊严和体面呀！仿佛心怀人世间全部的喜悦和爱。有永远也说不出的清洁和感慨。有坚定的灵魂和恒久的良知。

一个石榴就是一个硕大无比的家呀！住满了亲人和后代。注满了甜蜜、温馨和爱。每个人都牢固地红润和娇贵和清丽和温情脉脉和坚强。血一样抱守与奔流在一起。形成了再也化解不开的巨大的生命场。形成永远也不需要说出的诺言。形成伟大的家庭和自己。抱在一起的人就是抱守在一起的同一个灵魂,就等于同时抱守住了昨天、今天和明天。

一粒石榴 一个太阳

每一粒石榴都是一个太阳。无数个暖色的太阳在一间间房子里深情拥抱着。就形成了太阳的宫殿。每个石榴都是一个太阳的宫殿呀!太阳们在这里说话和睡觉。在这里完成童话一样美妙的生长期。他们就亲密无间地相拥、相偎着,等待永无尽期的诞生,以及等待同自己一样彤红的嘴唇和雪白的牙齿。

饱满而璀璨的太阳!潮湿得轻轻一碰就要流血的太阳!娇贵美好得梦一样清晰伟大的太阳!

太阳的子孙繁多而亲密。宝刀一样寒光四射。如少女的心一样单纯珍贵。太阳的子孙儿女在中亚的天空下遍地开花。

每粒石榴都是一粒沙子。每粒沙子就是一个太阳呀!成千上万的沙子在塔克拉玛干放声歌唱。成千上万的沙子呼喊同一个梦想——绿色、绿色、绿色。我要一个沙漠家庭。我要金黄的家园。我要红色的期盼和吻。我要自始至终为塔克拉玛干的每个早晨梳妆打扮和祈祷和膜拜!

你应当至少拥有一个石榴

那么你来了么？你能够到来吗？你打算何时到来？！

请别忘了：谁没见过新疆石榴，谁就不算来过新疆。就不配来到塔克拉玛干。你应当至少吃掉一个石榴。它像当地的一个秘密通道。你要通过这个通道抵达真正的沙漠和家园。你会找到回家的路和家。会深刻领会沙漠的高度及湿度。同时懂得沙子的话语方式和爱情特点。正如你找到了打开并了解你自己的一把钥匙。

此刻，骄阳似火。秋天的心事和哀伤刻满了塔克拉玛干。而透红的阿娜尔（石榴）在中亚大地上灿烂地欢笑。那种云蒸霞蔚的明媚把西部的天空洗涤一新。突然之间，我们就找到了复活的沙漠。找到了一种大境界的高尚和美。找到了塔克拉玛干朦胧而高级的表达自己的恰切方式。

这种诗意而迷人的植物

真正的诗人没有一个不热爱这种诗意而迷人的植物。

"榴枝婀娜榴实繁，榴膜轻明榴子鲜"（唐·李商隐）；

"满院竹风吹酒面，两株榴火发诗愁"（元·曹伯启）；

"春花落尽石榴开，阶前栏外遍植栽。红艳满枝染夜月，晚风轻送暗香来"（佚名）；

"远方的客人来漫游，不送鲜花不敬酒；捧上一个阿娜尔，甜在

心头香在口"(维吾尔·艾买提);

"雾壳作房珠作骨,水晶为粒玉为浆"(宋·杨万里);

"绿叶裁烟翠,红英动日华"(唐·元稹)。

……

石榴就是美

石榴来自古西域地区。来自伊朗、阿富汗、土耳其或阿塞拜疆及格鲁吉亚。从沙漠到沙漠。正如从家到家。张骞是信使,更是诸多宝贵植物籽种的传播者。他带来了种子和沙粒。带来了希望和信心。同时带来了血液日夜奔腾的激情及方向。

从汉代开始,石榴就成了美的象征。当然也是信物和信念。人们把石榴作为隐秘的陪嫁品,潜藏在待嫁女子的阁楼里。同时还把石榴置放于洞房的小牙床头,期望多子多福,人丁兴旺。石榴树被广种在房前屋后,以承传繁多的吉祥、幸福和美丽,放射关于美好生活的不竭张望。

大地渐次苏醒

大地在持久的沉默中渐次苏醒并开始轻妙歌唱了。我们可能也要收回纷乱的脚步和游移的目光,让真挚的祷告回归内心。我们走进沙漠里的家。像石榴一样彼此抚摸、拥抱和依靠。像石榴一样在风中背靠着风。

无法走动的树

风声水声就是我的语言

我一共在新疆居住了 18 年。18 个年头就像 18 个旧梦。也像 18 股泪水。我是一根无根无枝无叶的浮木,终日在这些泪水的河流上漂游。最终游荡到啥地方,我不知道。我甚至不知道是否还有充足的时间供我漂荡。只是这么潮湿而短暂地依附在光阴的流水之中。按照流水的方向流动。按照流水的节奏摆动庞大的身躯。

18 年——这是一个零岁的婴儿长大成人的时刻,是好男儿志在四方闯荡天下的日子。可奇怪的是——我仍一动不动地站在这里。甚至没有基本的去意。我像一个没人能够理解的耗子,深久地蛰伏在城市的角落里。日复一日地磨秃自己尖锐的思想和牙齿。我就是一棵老榆树呀!一声不响地长在这里。谁也看不见我的存在。谁也无需知道我的存在。而谁都无法离开我而存在。我已经看破了四季。风及水的语言就是我的语言。

河流一摆动，树就活不成了

一次，我乘车从吐鲁番回乌鲁木齐。汽车像地面飞行器一样高速行进在吐乌大高等级公路上。路过后沟时，我猛然发现河水贴近东岸奔流去了，西岸大片树木被石头一样搁置在荒滩上。

这是一件难以理解和容忍的事情。天山雪水千百年来一直在白杨河里流得好好的，为何突然间跑到一边流淌去了呢！这种关于两侧土地的抛弃很可能是永久性的抛弃。等于无形中宣布了生长在这里的树们的死期。

除去很高的高山，新疆到处都是极其平坦的地方。水在这些地方流淌时，便充分体现出了独特的天性：柔软、光滑、随心所欲。也可以说，水具有典型的女人特质。水性就是女性。飘忽不定，难以琢磨。水通过女人实现其全部的人类形态和梦想。

因为水的这种阴柔丰富细腻的特性，使塔里木河成为举世闻名的游荡的河流。其游摆幅度宽达120多公里，而每摆动一下身子，都会造成大量生命的枯竭。人可以搬家，可逐水草而居。但树木搬不了家。能做到的只有一件事——等死！每逢河水到别的地方流动时，数不清的大树小树们都会这样一动不动地站在原地，再一声不吭地死掉。

看到后沟西岸大片被丢弃的树木的时候，我不由得替他们莫名地悲伤起来。水在东岸一个劲儿地流淌,欢快而充满激情,河沟愈冲愈深。看来,曾经流满身旁和身体内部的水再也流不回来了!水永远遗弃并迅速遗忘了河西的树。其饱满的形象正在美梦一样从树的体内和心里悄然隐退。

这些被遗弃的大树中有杨树、柳树、沙枣树和柽柳,但更多的则是榆树。

仔细想想真够伤心的。好不容易活了几十年甚至几百年的树,水不来了一点办法也没有。眼看着活不成了!说不行就不行了……该不该死都得死!你还有什么好说的呢?

忘我生长的榆树

在新疆,榆树、胡杨、沙枣、梭梭、柽柳等耐旱能力极强的树木被称作了不起的英雄树,是深为当地人引以骄傲的物种——高于人,并且真的比人更伟大。因而备受人们敬重。

尤其是北疆地区的榆树。他们风不怕雨不怕盐碱不怕,持续的干旱更不怕。由于对水的满不在乎而表现出来的潇洒,也由于其结实的体质和缓慢生长习性,他们通常被称为榆木疙瘩。是自以为聪明的人嘲笑不开化、不聪明人的专业象征和专用语言。榆树就这样以笑料的方式出现并存活。他们在被人有意无意捉弄的同时,也奇迹般地体现了自己比山更坚毅的生动品格。

榆树是一种挖不断、劈不开、锯不成的植物,只知道孤独而默默地生长在田地的边角或河滩上。像忘掉自己姓名的人，在太阳底下茫然而鲁莽地疯长。长成啥样是啥样。有一天水不来了。大地不让长了就算了。榆树连还手和还口的力气都没有。最主要的是他们不知道怎样和找谁还手、还口！

这才是真正的榆树。可怜可悲又可敬。他们一句话也不说地说出所有的话。按照自己的方式呼吸生长开花结果和生儿育女。把榆钱长得像繁星一样灿烂稠密。把大地美化得寓言一般生动无比。把死亡看得比生命还轻。

我们是一棵棵榆树

每个人都是长在后沟西岸的榆树呀！或者说每个人都可能是一棵后沟西岸被搁荒的榆树。顽强地坚持着放大生命。牢固地说出悲哀和感动。尽可能地把有限的岁月活得精彩美丽。说出伤痛给我这样的能够聆听的人听。说出火一般的热情及脆弱得几乎不值一提的绿色给上帝和人群。

我相信我就是一株被时间的流水弃置在干旱的荒滩上的老榆树。我的心还是这样地年轻有力，充满了鲜红的血液和茂盛的青春，但却因干旱和衰老而脱光了牙齿（再也不用磨牙了）！我病狮一样守卧在干滩上，默然清数往日岁月和秘密的心事。我的头顶只有苍白暴烈而空洞的阳光。没有一滴雨水。我已经不再呼唤背叛了我的河水了！尽量把根伸进脚下的土地。我还要用力活下去！在我一直喜欢的地方相对长久地活下去。

树的命运就是我们的命运。

我们是一棵棵榆树。无法走动。也无需走动。我们选择了坚定和顽固的姿势。选择了持续向上的生命样式和笑。

很久以来,我一直期望再去后沟一趟,看西岸的树活成了没有。我期望流水再奇迹般地流回来,让榆树们好好活下去!

在雪线附近居住

仰望博格达

大雪迷漫的日子,我坐在乌鲁木齐的屋子里,悉心想象那些高级而美好的生活。我相信那种朴素、亲切又强大的生命一直在比我更高的地方存在着。

我想到的头一种植物就是雪莲。

这么大的雪在城市上空下个不断。不知道雪莲们生长的地方又添新雪了没有?在雪线以上生活的日子到底好不好过?他们牢固而坚定地住在高山峻岭上,有没有想过在三九寒冬的时刻进城看看?或者到我有暖气、有茶水的水泥屋子里暖和暖和再回到山里去!

我生活在一个城市化程度日益加剧的地方。在晴朗的春天、夏天或秋天,只要愿意,我们一抬头就能看见东北部高大的博格达雪峰。

每当5级空气污染把乌鲁木齐人摧残得呼吸困难、咳嗽连天的时候，或者被生活的重担压弯了腰、被人间苦难逼迫得没了退路，以及被琐碎的事物纠缠被生存的鞭子抽打得皮开肉绽的时候，抬起头颅，让清晰而坚定的目光穿过浑浊的空气抵达博格达。这时候你会看到一种完全不同的景致和心情。看到盛大的力量和美。你会被这种高贵的形象和清洁的气息所吸引、所感染。不知不觉间吐出郁积良久的浊气，短时间内让自己晴朗起来。

活着的时候，每个人都需要这种高于生活的大物质的存在。这是一种生存的高度和厚度，也是我们活在这个世界上的高级象征。是提升一个人心灵重量和目光的千斤顶。它平实而生动地站在那里，在生活之中，在你的身旁。活生生地向你吹拂一种看不见的勇气和信念。让你学会坚守和前进，学会在物质和精神的双重高度上朝气满身地行走。

博格达山就是所有乌鲁木齐人的精神父亲啊！它一动不动地站在那里，强大而仁慈地注视着脚下的这些可怜而脆弱的我们。它通过不住护佑的方式让我们看清那种真实的高尚高洁和高贵。

最重要的是——大量雪莲生长在博格达山上。这使得它在我眼中再次产生了非同寻常的价值和美丽。我甚至把它看成是雪莲们的家。是与我相邻但又高于我的近房亲戚。

雪莲，一种高高在上的植物

我总觉得，雪莲就是植物界的爱斯基摩人。在冰天雪地之中有滋有味地生活。以冷为乐，以雪为食，以冰为尊。

雪莲是一种高高在上的植物。多长在海拔2800至4000米间。再高的杨树和雪岭杉也高不过他。于是就在雪线附近的高起点上生长。直到把自己长得体内充满了挥发油、生物碱、酚类和鞣质，成为治疗妇女月经不调及风湿性关节炎的良药。

印象中，雪莲同雪鸡、雪豹、雪鸽、雪雀、红嘴鸦、野牦牛等高山动物是一家子。在帕米尔高原、昆仑山、阿尔泰山和天山的高处生活。相依相存，彼此勉励。在人类的高处生儿育女。

与雪莲关系最为密切的当属雪鸡。这种被清代的徐松称为冰雀的比孔雀还珍贵的雪山动物，就是以寻觅雪莲的花、嫩叶、块茎、根为食。但时不时地，它们也抖掉几根柔软的鸡毛及拉出一些粪便放在雪莲的根部作报偿。雪莲和雪鸡——在和睦相处的同时，不知不觉地完成了生物链中最重要的一环。

中国的一半冰川在新疆。昆仑山主峰乔戈里峰北坡的音苏盖提冰川长达40.2公里，为中国冰川长度之最。发源于天山中段的一号冰川是离城市最近的冰川。其流水喂养着300多万今天的乌鲁木齐人。

那次，我们同新师大雪莲专家刘杰龙教授一起前往考察一号冰川附近的雪莲情况。我们看到了各式各样的雪莲生存景象。

石缝、岩壁、砾石坡地和湿润沙地上，到处都有雪莲生长的痕迹。有十几厘米高的，也有四十多厘米高的。幼小的时候就散发出一种人类的少男少女时期才有的特异芳香。

一旦看准机会，就迅速发芽生长开花结果。他们骄傲地存活于空气稀薄的冰天雪地里。用纤维状的枯叶围裹住茎部，奋力长出一些绿叶吸收高处的阳光。紫红色的花朵盛开了。被乳白色的大叶子婴儿一样包裹着，以便御寒防辐射，确保生殖器官不受伤害。每一株雪莲都拥有惊人的自卫能力，能使自己在极端寒冷的地方延续后代。

雪莲盛开的季节

七八月间是雪莲花盛开的季节。大规模冰清玉洁的雪莲花使大山凭空生出诸多冷峻而坚硬的温柔。花香满山的时候，山也醉了。山体现出了圣父般的崇高和洁净。

有人把雪莲叫雪荷花。哈萨克族及维吾尔族人称雪莲为塔吉莱丽（石莲）和卡尔莱丽（雪莲）。

那些深情的哈萨克族或塔吉克族牧民们对雪莲推崇备至。把雪莲花插在毡房上，以此预示着吉祥兴旺的生活和美好的祈愿。年轻人则采摘最好的雪莲献给情人，以表达自己纯洁、高尚、始终如一的火热的爱。

在我的想象中，站在屋顶上一眼就能看见的一号冰川和博格达山里长满了大苞雪莲。这些珍贵的植物终日饱满着，有想不完的心事和过不完的好日子。在零下三四十度的寒冷中强忍住悲伤，每时每刻都在按照自己的办法寻欢作乐。

这肯定是一些母性十足的雪莲。把根扎在大山的深处，竞相绽放丰乳肥臀,向天空盛开灿烂的歌声和笑。大山跟着她们的心跳而跳动。

在比高更高的地方

在比高更高的地方,在雪豹或雪鸡们明净如雪的目光中,雪莲花艰难而愉快地开放了。一朵……两朵——一万朵!整个家族的雪莲花都清白无辜地盛开于伟大的雪山巨石之中。天山因为这种幸福的盛开而更加明媚和高大。

雪莲就是拥有比人类更大的灵魂的物种。在它们看来,因为冬天的一场雪而一惊一乍的人太幼稚可笑了。一个冰冷又强大的灵魂必须在巨大的冬天里形成。严寒、强紫外线辐射和氧气稀少的高处才是诞生大生命的地方。低处只能产生肉体和精神上的双重侏儒。

塔一样生长

塔一样长在高山峻岭上

有一种松树,塔一样长在高山峻岭上,长在我们的生活之中。像生命里的阳光和雪,清洁有力地照耀平静的现实和心。把混浊、迷惘又焦虑的目光梳理得清晰而光亮。有这些大树长在身边,每个人的睡眠都会变成婴儿香甜而安宁的睡眠。

每过一段时间,新疆的城里人都要上一回南山。来到天山、昆仑山、塔尔巴卡台山及阿尔泰山的隐秘部位,悉心观看这些大树。

名义上,这些人是上山踏青、春游或踏秋,实质上则是寻求一种浪漫的性情或可能。寻求释放与收获。期待人与包括大树在内的自然界的流畅对话及亲近气氛。

我知道,每个人心里都有一座钟。钟敲响的时候,人都得做点什么自己比较愿意做的事。于是,绝大多数人选择了上山。看高大的树木和顽皮可人的花草。看人和大树的色彩及距离。也看人背靠大树时平心静气、心悦诚服的样子。

说到底,人们是因为大树的召唤而进山的。在平庸乏味的生活及污浊不堪的城市空气之中待久了,大家就情不自禁地想起了高山绿树,想起了明净的阳光透亮的空气和野性十足的山区生活。希望去拜望那些伟大而智慧的树。希望大树用自身形象喂饱贫乏饥渴的目光。希望树能代替自己实现自己在现实生活中永远也实现不了的某些愿望。

这是一些单纯有救的人。他们还没有完全麻木不仁和绝望。还知道去开掘和寻找。还能够用力托举起发现并追逐美的目光。知道调整及适应不朽的灵魂。奋力提拔救赎自己,向那些伟大的精神和生命看齐。向高级而高尚的东西致敬。

这些牢固地把持着自己心灵中的准绳的人啊!我向你们致以崇高的敬意。还能不时敲响心灵的大钟——这是一件多么令人振奋的事情呀!我愿意成为你们当中的一员。为不朽的大生命、大智慧、大道德而敲钟不止。我愿意为追寻更加美好的生活而一边哭泣,一边歌唱。

新疆人称雪岭杉为塔松

新疆的大山里长满了这些大树。

所有的大树都高过了人的高度。

这些大树——雪岭杉(天山松或天山云杉)、冷杉、红松和落叶松们，成群结队地长在大山的背面。一长就是三四十米，一活就是三四百岁。一丝不苟地正直高大粗壮。他们傲视群峰，把本质的坚定积存在内心，持久地渴望深入空中，在比高更高的地方仍向高处张望。

习惯上，新疆人直接称雪岭杉为塔松。

塔是一种极具象征意义的物质，是存放舍利的地方，是人类某些重要阶段的图腾柱，神秘、广大、丰富、质朴和厚实，是隐藏世界玄机与奥妙的地方，同时是一些人灵魂的寄放地。像这样正直强大而雄壮的松树，怎能不令内心脆弱空虚的人们敬爱和服气呢！

他们像一个个手持长矛身披铠甲的武士，古典而威风地站在各自的位置上，仁慈的目光平静执著地覆盖结实的大地和忙碌的人群。

千松万松同一松

来到塔松林里的时候，你就会明白新疆几乎所有的城里人何以每年都要上山了！树能够教你学会在世界上所有的学校里都永远也学不到的东西。

在这里，你终于懂得了沉默的意义。你学会了聆听寂静和鸟鸣。学会同大山、云雾及大树说话——用只有你自己能听见的语言说。你会吓飞一对正在热切幽会的黑琴鸡或雷鸟，也会与高唱情歌的羚羊或雪豹碰个正着。你会接着思索平静而充满爱的光芒和生活的意义及可能，会把露珠、蘑菇、松果及野花一同采摘下来。你很可能头一回开始昂起头颅看塔松,并懂得怎样用一颗虔敬的心灵去撞击另一颗高贵的心。

你终于学会了诚恳和浪漫,就尝试性地依照树的哲学追问生活。你在雪线下边领头生长的母树跟前停留,用其比照人类的母亲和母爱。你把藏匿于一株柳树下奋力生长的小塔松摸了摸,像触摸自己儿子粗硬黑密的头发。你拍了拍另一棵大树鱼鳞一样密实的皮肤,像拍出了大地的脉跳。你直挺地站着,仿佛自己就是又一棵塔松。你成为松林的一部分。"千松万松同一松,干悉直上无回容"(清·洪亮吉)。你在树林里不住地生长,大口大口地呼吸,旺盛而有力地往高处长。

在北部天山的河谷及私部,所有动物和植物一次次快乐地生活和迷醉。大山的内在力量持续勃发及迸泄。松树不经意间就说出了令人心醉神迷的话语。幸福的意义就在于你突然之间彻底遗忘了幸福,被颤动不止的某个瞬间击中,一遍遍喊某个人的名字,一次次往一个虚拟的精神方向靠拢。这时你才知道,大山的深处就是大地的子宫,是诞生幸福得说不出话的地方,也是诞生生命及其死亡的地方。塔松们高举绿色的旗,向明媚的绝望示意。

在天山,塔松大面积繁殖和生长,像那些靠得住的肩膀——一天比一天更结实也更牢靠了。

谁不愿意长久地沉湎于关于塔松的生活和记忆呀!

谁没有同伟大的塔松说过话,谁就不配说话。

第二部 天使的颜色

在路上。棉

成熟的果实味铺满城乡

秋天,成熟的果实气味铺满城乡村舍,新疆大地呈现出一种如梦似幻的迷醉状态。

早熟的小白杏和草莓、桑葚早被好胃口给消化掉了。饱满圆润的西瓜、哈密瓜正在整车运往西安、北京及东南沿海地区。香甜脆嫩的库尔勒香梨吃得你舍不得收手。还有鲜红欲滴的石榴、迷人的葡萄、多得数不清的无花果、阿月浑子、薄皮核桃、苹果、红枣、沙枣等。

棉花一夜间盛开

——我今天想说的是另外一种高级而珍贵的果实——棉花。

每年9月15日以后,像听到一声神秘的口哨似的,新疆棉花一夜间全部盛开。天山南北迅速沉浸在一片圣洁而甜蜜的白色光芒之中。

一种无边无际的盛大的光。

你无法一眼看清它——它无处不在,身藏四野。

你别指望它光芒耀眼——它只发出一种幽暗的光——深沉。雄浑。安静。有神。具有一种无可估量的伟大力量。

你不用拿任何形容词来描述它的白——大多数时候,它用自己的颜色说明其洁白。一丝不苟的白,像真正的洁白那样白。不动声色,不需要强化及渲染,更不需要专职广告策划人员来写广告词。它一开始就走上了一条清白无辜的神圣道路。用白证明白。

棉花,时间的杰作,上帝亲手挑选的植物女儿,一种大地的洁白思想。

总是娇贵而恬美地长。清洁又安静,像永远的少女,像少女纯洁无瑕的目光。有力又坚定地扎根发芽,暖融融地往高处长。并且执著而朴素地开花结果,总把心事结得很重。总在头顶以上——在最高的地方拱手托出果实,再盛开。仿佛要用力接近太阳,以及把自己献给太阳。似乎为此而万分焦急,急得再也长不高啦!急得满脸通红,一慌张,碗口大的一团棉花翻身滚落到地上,发出雅致的声响。

棉花——天使的颜色。幸福的颜色。高贵的颜色。

碰到一朵棉花,就像迎面碰到一个欢乐,一个惊世的微笑。

我们这些终日操劳身心疲惫的人——这些麻木不仁自私自利

的人,很可能会被一朵洁白的棉花所激活。心中的黑暗被照亮,体内的烈火重新点燃。我们就扔掉厚重的盔甲重新用心用力地生活,像棉花一样清洁而单纯地活,我们要诚恳朴素而激情烂漫的生活。

辛劳的手在棉田里舞动

成千上万双辛劳的手在棉田里舞动。这些精灵一样智慧又结实的手,匆忙、灵巧、欢快、有力。通过劳动接近大地上的圣洁果实——棉花,仔细而认真地给棉花安排精彩的命运。

谁也没想到,珍贵的棉花会在新疆大地上大行其道。塔里木盆地、准噶尔盆地四周及吐鲁番、伊犁、哈密等地,人们大种棉花,种好棉花,像对待仙女一样侍候这种娇气而诱人的植物,白色光芒照进了每个人内心。

新疆是世界上能生长优质棉花的好地方之一。80%以上的棉绒长度均在一二级。数字说,全疆已大种棉花10余万公顷,总产3000万担以上,年产值百亿元,最高亩产235公斤。总产、单产、人均占有量和外调总量均为全国之冠。

位于塔里木盆地北缘的阿瓦提县是个能够广泛生长大量优质棉花的地方。眼下已种植棉花3万公顷,成为著名的中国长绒棉之乡。阿瓦提人决心要把阿瓦提城建成中国棉城。

拾花季节,我老是产生一种类似眩晕的幻觉。总怀疑有一种神秘而高级的力量教导并控制着大地上的一切。比如让这块田里的棉花整齐一致地长高,而另一块相邻的棉花却一定得矮长。比如同一块条田里的这一朵在9月15日准时怒开,而那一朵棉花必须大雪过后再开。比如这个棉桃开裂三瓣就把棉花长出来,而另一株棉花一定要开成五瓣才能把雪白的棉花呈献给拾花者。

那么,到底是何种因素激发了这些手,使他们产生冲天干劲和过人能量。日复一日地与棉田为伴,种棉花、养棉花、摘棉花,心向棉花,乐此不疲?

钱币是一个理由,但绝不会是唯一理由。

鼓舞并诱惑人们的力量

所以我就想,肯定有一种本质的力量鼓舞并诱惑着人们,使大家沉迷其间,无力自拔。这必定是一种不易觉察的力量,也是难以言喻的力量,甚至是一种至今不为我们所认识的力量。否则就不会这么有力和神奇,并为我们所深深痴迷了。

或许,是因为颜色。

白色,世界的原色,生命的颜色,一种崇高而圣洁的色泽。预示纯真、美好、吉祥和幸福。预示梦想,以及伟大的可能。预示天堂。预示通往天堂的道路。

当然也有驼色,时尚又高贵的颜色。米黄色,温暖柔和,自然亲切。紫色,神秘忧郁,具有不可侵犯的高深思想。

或许——因为香。

一种看不见的香味,缘自一株株蓬勃向上的棉花,在大地上空飘荡。一种盛开的鲜花和成熟的果实混合的气息,一种来自土地深处的味道。那种清新淡雅、飘忽不定的香;那种沁人灵魂、夺人心魄的香;那种类似于少女身体的香;来自泥土又来自天堂的香;比紫丁香、夜来香或沙枣花更香的香;可以进入一个人五脏六腑的香。

这种香气从棉秆、棉叶、棉桃或棉花身上散射出来,万里飘飞,使男人或女人情不自禁,欲罢不能。就把手伸得长长的,提着蛇皮袋子或棉布口袋一路奔来;就迫不及待地跳进棉田,像鱼跳入大海;就挥舞双手,甚至用上嘴巴,如饥似渴地采摘开来。他们甚至不敢停歇,害怕稍有不慎,这种美丽迷人的香味一下子跑了,再不回来,再也找不到了!

他们拼命拾花,就等于全神贯注地采集这种香,等于像善待珍宝一样善待大地的气息以及植物的精气。

或许——因为一种强大的亲近愿望。

你想想,这个世界上,还有什么东西能够像棉花制品这样从生到死,寸步不离地贴身护佑在每个人身上呢!除了思想和爱,还有什么能日夜不停地滋养并呵护我们,使我们活得自在自足而滋润!有什么可以叫我们从头喜欢到尾,永生永世用不够!

棉布。

我以为,由棉花做成的布就是一种超级物质,是世界美好部分的替代品,是我们来自神秘世界并最终回到神秘世界的秘密承载物和幽深通道。

棉布——我们的头一声啼哭是用棉布包裹住的；老到头的时候，再裹一身白棉布进棺材；孝子孝孙们也身披白棉布给我们送行；更多的亲友也用白棉布做孝帐进行最终的告别。最寒冷的时候需要棉布，天最热时，我们同样需要棉布睡衣睡裙。人类似乎一直都有一种棉布情结。似乎棉布是最忠实的伙伴，只有棉布才可以拯救我们。棉布一眼看清了我们全部的生活细节和感受。

对于棉织品的依赖和尊敬，很可能还有一些潜在的缘由。比方说对朴素而神圣的物质的本质爱戴和推崇。比方说它原本就属于我们，是我们身体及生活的一部分。现在回来了，来到人间，来到阳光下，我们就加倍珍爱，寸步不离了。

这种感觉有点像我们对女性的那个神圣器官的感情。

冬天的公路两侧

冬天，在乌鲁却勒、丰收三场、丰收一场、英艾日克等乡场通往阿瓦提县城的公路两侧，茂密的沙枣及白杨树枝上挂得白花花一片。猛一看，以为是未及融化的雪，而仔细一看才知道是棉花。

拉运棉花的汽车、拖拉机、马车、毛驴车路过时，热情的树枝们总要想办法挽留一下。久而久之，几乎每个枝头都挂上了成团的棉花。时间愈久，棉团愈大。仿佛下决心要向过往车辆及行人妥协。终日高举白旗，一边欢迎，一边欢送。也像戴上洁白手套的新娘，列立两旁，一面宣誓，一面等待新郎送来并给她戴上结婚戒指。

最感性的说法认为,这是一些多愁善感的树,它们奋力抓住些棉花和关于秋天的回忆,以便把漫长的冬天过好过暖。

我的想法是:树们把棉花都快举旧了,咋还没有谁愿意搭个梯子上去摘?要是肯摘的话,随便在哪条路上打个来回,拣几亩地的棉花不成问题。

古人称棉花为白叠

花是植物的生殖器,而棉则是木头和帛的混合物。帛是白色的布巾,是丝织物的总称。布帛、玉帛及帛书、帛画等,莫不是人世间最高级的精神产品。所以,棉花注定要成为人类崇高的生活期盼和亲密无间的生活必需品,成为某种高贵思想的精神象征。

古代人称棉花为白叠、织贝、吉贝。维吾尔族人则称棉花帕合他。不知为啥,我总觉得,白叠和帕合他的读音十分接近。不知道这种相近的读音是否可以说明其中的一些必然联系?

无论如何,新疆有两千年以上的种棉历史大概是不争的事实了!

对于这种全身是宝的植物,我们还有什么理由不相信其漫长而古典的栽种历史呢?

阿瓦提人说,棉花可以加工成棉絮做被子,还可纺纱织布,做四季柔软舒适的内衣睡衣及外衣。棉秆棉叶可加工成上等的牛马驴羊饲料。棉根能松土肥地。棉子能榨油,工业用及人吃均可。棉籽既能当饲料,又可当肥料。棉籽绒可做火药或塑料。棉秆的韧皮纤维能做绳索,又能造纸。棉籽油可做食品、硬化油和肥皂。

阿瓦提人说，他们种植物的3万公顷棉花中的绝大多数是长绒棉。

什么叫长绒棉？

就是那种棉绒纤维极长的好棉花。

阿瓦提长绒棉的纤维长度多在35毫米左右，细度为7000米/克。

做一身从头穿到尾的贴身衣物的重要物质是棉花。做打击敌人的枪弹火药的物质同样离不开棉花（甚至是棉籽绒）。这期间隐含了怎样的哲学或逻辑关系？

另外，每克棉花可拉出7公里的长度。这是神话还是现实？

阿瓦提人说，这是真的。

长绒棉是一种特殊的棉花，所以会有特殊的用途。导火线、宝塔线、降落伞、轮胎帘子线及高档纺织品的核心原料非它莫属。

最后一株棉花等在风中

这株棉花长老了自己

田野上,一棵棉花孤独地长在那里,好像已经忘记了自己。

那么,这棵棉花能想起谁呢?

它长在靠近田埂的地方。身旁啥也没有,远处是叶尔羌河流域一望无际的胡杨林;头顶是几朵飘来荡去的闲云。跟前的棉秆早已被割走了——那些曾经跟它一起生根、发芽、结果、开花、同生死、共命运的伙伴都走光了!那些多得数不清的亲密朋友呀——都不见啦!它们被人摘光棉花后,几镰刀放倒,拉到马圈旁及粉碎机旁制作冬季饲料去了。只剩下它一个人,孤零零地站在这里!任凭刺骨的寒冷穿膛而过。

棉花有一人多高。独自站在隆冬的天空下,样子凄凉而高傲。有一种看穿世事之后的平和与威严。

棉秆红褐色,像因装满心事而害羞的少女,也像长满智慧的老人。青春已逝的叶子被几场风霜雪沙击打后,再也支撑不住自己,就耷拉着,不停地在风中摇摆,一副永不甘心,或商量不定的模样。三四朵洁白的棉花被奋力朝天上托举着,无辜而动人。其中一朵棉桃将开未开的样子——还没来得及盛开就开过了。真有些残酷!可谁也没办法。对棉花来说,来不及开了也得开呀!开一点总比不开好。

棉桃是黑褐色的,像生锈的铁!而棉花却一丝不苟地白。圣洁得纤尘不染的样子极像我心中的美女,不断叠加的岁月,只能使她更为成熟和纯洁。

挨着棉花,我就势坐下来。在这个冬季的空旷田野上,我想陪这棵棉花坐一会儿。

在叶尔羌河两岸不算茂密的胡杨林里放羊的日子,我最喜欢做的一件事就是:走着走着,顺势坐在任意一棵长着金黄色树叶的胡杨树下,一边听远远近近头羊的铃铛声,一边断断续续地想一些陈年旧事。这种时候,我会因为眼前这种悠闲自得的光阴和草叶的气息而幸福,内心变得宁静、澄澈、纯朴,并不住涌出某种莫名的热爱和感动。

此刻,坐在这棵孤独又骄傲的棉花跟前,我却产生了一种奇怪的忧伤。它看起来像个不可一世的棉花王,而此时却众叛亲离、形影相吊,勉强站住。一腔悲愤埋于心底,无处诉衷肠。只有风能听懂他的哀痛和凄凉。

可是——为啥别人都被砍掉运走了,偏偏把它留在这里活受罪？那些来回路过的羊群及牧羊人何以没有把它按住吃掉或砍掉！冬季的寒冷怎么没有打倒它！留着它，孤独地长，死了还站着，还按照活着的样子往上长。这到底是一种善良，还是残酷？棉花为何要在大地上呈现这么一幅奇特的生命景象。

不远处是丰收三场及石油单位通往阿瓦提县城的公路。赶巴扎的马车驴车和大小汽车往来不断，白云一样的羊群在骑马牧人的羊鞭声里不紧不慢地行进……

这一切，棉花都看在眼里

这一切，棉花都看在眼里。它多么期望自己能像一只小羊羔一样，迈动四肢，在大地上走来走去。或者就跟更多的伙伴一样被镰刀收割，拉回村子，躺在马圈旁及院落里，暖暖和和睡大觉。

跟一棵孤独的棉花作伴，抑或仔细观察一棵棉花，都是一件有意思的事情。你可以真切地看清棉花的模样，并弄清楚什么才是真正的棉花的孤独，同时可以懂得一棵棉花的愿望和思想。

跟这样饱经风霜都又被世界遗忘了的棉花站在一起，我的心里产生了某种难以抑制的尊敬。我扶住它暗红色的身子摇晃了一下，并轻轻握了握易碎的叶片。我想到了它幼年时肉嫩汁多的棉苗、青春旺盛的夏季、花白似海的田野及棉农黑瘦有力的手。也想到了它鸟语花香的梦。我觉得在这个世界上，恐怕再也没有比回忆和梦想更令一棵棉花心花怒放的事情了！

老是想起那棵棉花

　　回乌鲁木齐快一年了，我老是想起独自一个人站在大地上的那棵棉花。那种奋力把自己忙活了整整一个夏天才结出来的三四朵花苞往天上推举的样子太迷人了！那是一些经历了无数次风沙之后依然洁白的棉花。它们以天使的模样和颜色白着，长得精致而饱满，像推向高处的圣焰，也像人类誓死捍卫的精神操守。

　　我其实一直有一个秘密的愿望：抽空再去阿瓦提一趟。找到那块田野的那条埂子，看我心中的那棵棉花还在不在！我很想再陪它多坐一会儿，有一搭没一搭地说说话。

　　没准儿——我还会心血来潮地在那个地方买一块地，给这棵棉花雕个塑像，竖起来，让很多跟我一样热爱棉花的人来看。我会觉得，看这尊棉花雕像比看我自己的雕像还让我开心。

　　棉花的处境及姿态就是人的处境和姿态。

　　这棵落魄、孤独而高贵的棉花在我心里站了这么久的时候，它已不再只是简单的一棵棉花，而成为我由来已久的精神象征与渴望。

　　每棵棉花都以其娇贵的体态和清洁的品德及思想赢得了人类的广泛赞颂。

花大力气把自己长大

一粒棉籽,要想生根发芽长大成棉,需要花费多大的力气呀!

一心一意要开花结果的棉花,是否最终都能如愿以偿?

5个多月时间。何其漫长的日子!想顺顺当当啥意外都不发生地把自己长大,实在不是一件容易的事情。——尽管每年都有很多棉花奋力在地里长成功了!

一株棉花跟一个人的成长方式是一样的,需要阳光、空气、水和食物,需要持续向上的动力和目标,更重要的是需要战胜苦难勇往直前的信心及勇气。

一个人本来活得好好的。突然有一天,他被一场难以置信的疾病一把抓住,再也挣不脱。或者碰到一次几秒钟内发生的车祸,或者被屋檐上的一块冰及砖头砸翻在地,或者被蛇、毒蜂及毒蜘蛛偷咬一口,以及被恶人的一个指令或一句话陷害后押赴刑场……说活不成就活不成了!訇然倒地,再也爬不起来,而且一点挽回的办法和余地都没有!

这就叫命运。

认了。认命了!这其实是最没办法的办法,是人向命运的最后妥协,也是某种无力无声的抗争。若不是,那么,谁有能力打穿那些阻止生命的无形的高墙!

棉花是世界上最娇贵的植物,同时又是最柔韧坚毅的植物。柔嫩而坚强,其貌不扬又楚楚动人。具有某种不可估量的巨大创造激情与可能,是一定程度上人类理想植物的典范。

娇贵,是由其气质决定的。

娇柔可人地发芽,鲜美可掬地长苗,翠绿欲滴地开花,洁白无瑕地捧送出醉人的花。

棉花的整个生长过程似乎都是实现绽放并完善美的过程。让青春的芬芳成为一种方向,让伟大和灿烂成为可能,让清洁的思想成为生动的现实。

但是,一场病,就足以摧毁一切。使美变成丑,善变为恶。使美好的憧憬变成不可逾越的噩梦,成为令棉农心惊肉跳的痛。

更糟糕的是:还有很多病等在那里,站在时间的各个路口。像狙击手,躲在不易看见的地方,朝棉花瞄准——朝每株棉花瞄准并射击。一扣扳机,被击中的棉花应声倒地。未被击中的,就继续长,边长边躲开那些射向自己的子弹,直到结出繁多的果实。

病,也像幽灵、影子一样追着不放。从昨天追到今天,从4月追到9月,从青春期追至暮年。棉花像被缩写的世界,也像被虚构的情节。被追着在棉田里四处乱跑。可怎么跑也跑不出病,跑不出虫的阴影。就以沉默的方式跑,用自己单纯的语言哭喊。沉到最深处,沉到自己的核心,让自己消失。让病满脸恶毒地活在这个世界上,孤独无依,不再害人。棉花通过死的方式选择生,以牺牲的姿态赢得了悲怆的尊严和美丽。

现在,能够背出名字的疾病太多了!每种病都像乌黑的枪口,日夜朝棉花瞄准和逼近。立枯病、炭疽病、红腐病、棉苗猝倒病、角斑病、枯萎病、黄萎病、黑斑病、红粉病、曲霉病、铃疫病、根结线虫病、白霉病、叶斑病、茎枯病、红叶枯病、缺素症、药害……数不胜数,防不胜防。每种病,随时都可能出现,都可致漂亮的棉花以死地,使棉农胆战心惊!

阿瓦提植保站的王同仁,提供一本棉花病虫草害原色图谱给我看。书中每隔几页,都夹放着他从棉田里采集的棉苗标本。棉苗上,害虫咬冰雹打及病菌传染的痕迹清晰可辨。

打开这本书,就等于打开了一个棉花病虫草害特征与防治的微型博物馆。理论的、实践的、文字图片的和真实生动的资料应有尽有,活灵活现。眼前的这位1998年毕业于新疆农业大学植保系的学生,显然正成为阿瓦提的植保专家。讲起棉花病虫草害防治办法时滔滔不绝,手和嘴唇有些发抖——他因数不清的病虫草害对宝贵棉花三番五次的无情侵害而愤怒,也因自己同当地勇敢的科研人员和各族棉农一道,一次又一次击退病虫草害进攻,并夺得一个又一个棉花大丰收而激动。

是啊,亲手保护住3万公顷地里的绝大多数棉花,使其幸福健康、无忧无虑地成长,这是一件多么快乐的事情呀!每位经营者管理者和守护者都有理由因此而兴奋得全身发抖,彻夜难眠。

每逢一场棉病袭来,各地报灾的人群和电话不断。王同仁就觉得心烦意乱,坐立不安,比自己得了一场病还难受。他就得摸准病情,短期内拿出治疗方案。必须药到病除,立竿见影。必须想尽一切办法,让棉花重新青春健康起来。一边歌唱,一边在微风中摇动身子微笑和成长。

譬如棉苗猝倒病。那么多的棉苗,本来好端端地长着,一副生机勃勃、前途无量的样子。可突然之间,一个个竟一声不吭地倒下了。就跟患心脏病倒毙一样,想呼唤一声都来不及。棉苗猝倒病带给人的就是这样的恐惧。

譬如被称为棉花癌症的枯萎病,很多新疆人称其萎蔫病或乌心瘟。无论棉花苗期及现蕾后,正当棉农满眼憧憬和期望的节骨眼上,欢快生长的棉花突然不长了。叶片松软下垂,或者从边缘地带朝中间位置急骤萎蔫变黄并干枯,噼里啪啦往地上掉。棉蕾皱缩畸形,株节矮化。好端端的棉花几天之间片叶皆无,变成一根根立在棉田里的光棍,跟拔了毛的凤凰一样难看。你说多可怕!

譬如缺氮时,棉叶逐渐变黄、变红、干枯,植株矮小,下部棉叶老往地上掉;缺磷时,棉花生殖器官的发育形成、开花、结铃、吐絮、种子成熟等都受影响;缺钾时,棉叶皱缩细脆,极易枯干脱落;缺硼时,棉株蕾而不花或花而不实,空生长半天。

无论喷药、追肥、改良土壤及合理排灌等，一旦发现病害，都必须迅速拿出应急之策。因为每株棉花都像是我们的孩子一样，迫切需要快乐健康地成长。每株棉花都怀抱丰收的力气和梦想。

专吃花朵和棉铃的虫子

不吃叶子、根和棉秆,专吃花、蕾和棉铃。你说它是不是世界上最智慧而可恶的动物?

这种动物叫棉铃虫。

植保专家和棉农一致将其推举为棉花害虫之首。

蕾是什么?

是等待盛开的鲜花。

花是什么?植物的生殖器官,也是圣洁、敏感、玄奥和最有营养的植物器官,是植棉的生命核心。

棉铃是棉花的果实。新疆人多称其棉桃。早期形似铃铛,后期状如桃子,故得其名。

可是,这世界上竟有一种虫子胆敢专吃这种要命部位。棉农们对它恨得牙痛。

棉花忙乎一辈子,不就是为了开花结果嘛!

可硬要连花朵和果实一齐吃掉,你说这棉花活着还有啥意思!难道棉农面朝黄土背朝天地忙活半年,就为了喂养这些令人恶心的虫子?

再说,专找花朵和果实吃,也未免太淫荡和邪恶了!简直是虫子中的无赖。聪明的恶棍!罪该万死的虫渣。难怪阿瓦提有人直接称它钻心虫。

据说,一只毛茸茸的幼虫,一辈子能吃掉不计其数的花朵和花蕾,并可毁坏22个棉铃。

1992年,中国发生的一场世界植棉史上罕见的虫灾,就是由可怕而可憎的棉铃虫一手造成的。3万多公顷棉花绝收。花朵和棉铃被吃得一个不剩。全国棉花减产30%以上,直接经济损失50多亿元。

棉铃虫也有自己特有的成长过程——按规律长,按生存规律大肆吞吃花朵和棉铃。

每年4月羽化为成虫(即蛾),然后依次演变为卵、幼虫(毛毛虫)、蛹、成虫(蛾)。在四季之中,棉铃虫有条不紊地完成了自己的生命大循环。

在4至8月间,棉铃虫可连续发生3至7代,繁殖力极其旺盛。棉株未开花挂铃时,这些讨厌的家伙羽化成蛾后,先在小麦及春玉米上危害。6月后转至茂密旺盛、现蕾甚早的棉田里,并在鲜嫩的棉叶正反两面上下满自己的蛋。幼虫3龄后,钻入蕾铃内部,大嚼大咽起来,不吃饱、吃肥,自己不松口。

除贪嘴贪色外,棉铃虫的另一种聪明还表现在其突出的自我保护意识上。

无论在生命的哪个阶段,这些狡猾的家伙都极善于伪装自己,尽可能地把身体的颜色变得跟四周环境相宜,以避免其天敌——姬蜂、茧蜂、赤眼蜂、胡蜂及捕食蝽的袭击。

刚羽化时,棉苗正在成长,棉田里不易藏身,它们就尽量把颜色长得跟大地相近。雌蛾黄褐色,雄蛾绿褐色,并尽力把前翅颜色长得深一些——很可能是为了便于赶赴附近麦田及玉米地里啃噬别的庄稼。外横线的深灰色宽带、带上的7个小白点及暗褐色肾形纹环形纹等,均为讨好异性和掩护自己之用。

除雌蛾下的卵乳白色外,约45毫米长的幼虫(毛毛虫)均可表现出不同色彩来。淡绿色、绿色、黑褐色、黑色、黄色、黄白色、黄红色、红色等。很多虫子随棉株颜色的变化而变化。可以想见,若棉株的颜色再变化一些,虫子们必定仍会让身体变幻出无穷无尽的色彩出来。

冬天,虫子变成蛹冬眠。虫呈纺锤形,总体黄褐色,几乎就是土地的颜色。各自藏在10厘米深左右的土里越冬。5至7个腹节,两行比体色略深的刻点及尾端的两枚臀刺等,同样可能是因为伪装或固定身体之用。

阿瓦提人有很多对付棉铃虫的办法。

秋天,棉花入仓。细心的棉农就开始认真清除田间棉秆、烂铃、僵瓣等物,不给害虫藏身之所;秋翻冬灌,破坏蛹室,将其冻死;春天翻铲田埂10厘米左右;种植早熟抗虫品种;统一播期,切断虫子食物链；在棉田附近种春玉米、红花或小麦，既可诱集棉铃虫来产卵，又能诱集大量天敌存活繁殖，减轻棉花的虫害压力。

不少人根据棉铃虫的特性，在各代成虫繁殖力最旺盛的时节，不失时机地搁置性诱剂，迫使性欲旺盛的虫子上当受骗。

棉铃虫昼伏夜出，有很强的趋光性。羽化期，人们在麦田里挂出杀虫灯。灯挂在离地面1.25米的地方。灯旁有220伏电压的电网。像日光灯，发出幽蓝色的光。人一看就知道是陷阱。但虫子认不出来。见到光，就纷纷飞来，以为遇到了意中人及好吃的一朵鲜花。可到跟前才发现是个电网。发现了也晚了！哧地一声，电死了！这是一种光控灯。白天关闭，晚上自动打开。对棉花和棉铃虫的天敌——赤眼蜂、瓢虫、草蛉等无害。每盏灯掌管15公顷棉田。

这种灯270元至328元一盏。阿瓦提已买2200多盏。每年在虫子羽化高峰期挂出来，约需悬挂3次，每次20天。

很多夜晚，站在一望无际的棉田边，你会一眼看见许多泛射着幽蓝光芒的杀虫灯悬挂在大地上。既为虫子们可怜命运而悲哀，又为这么多的害虫正在被各个歼灭而快慰。

阿瓦提的陶红卫说，百株棉花中发现5至8只棉铃虫不足为怪，防治起来不划算。若有20至30只时，就要采取一定的防治措施了。

一旦大面积发生虫害，则必须全田喷洒生物性杀虫剂。

防治第二代棉铃虫，用点点划圈法喷药。防治三四代棉铃虫，则用两翻一扣、四面打透法喷药。防治三至六铃间的棉铃虫，必须用化学农药方有效果。

在棉铃虫泛滥的一些年份,眼看局面难控,阿瓦提人就号召机关干部、学生、城镇居民下田捉虫,逮得多的人受奖励。大有全民抗虫之势。

人虫大战多番演绎。人们对棉花的热情不减,美好生活的希望之灯不会熄灭。

33岁的王同仁,从办公室的立柜里拿一个椭圆形玻璃瓶给我看。瓶中装着沙土,以及50只20毫米左右的纺锤形棉铃虫蛹。

这些冬眠的蛹睡得跟死虫一样。想咋摆弄就可以咋摆弄它们。

它们安静地睡着,等待春天复活。然后生儿育女,继续乱吃棉铃和花朵。把棉农的希望撕碎。

可是——它们兴许一点也不知道,自己的命运已被植保人员牢牢控制住了!不让活的话,它们一个都活不成。

信口说牙

世界上恐怕没有不喜欢棉苗的人。

四五月间，无论公棉花或母棉花——当稚嫩的棉苗破土而出，并托举着几个肉乎乎的棉叶冲太阳微笑的时候，整个阿瓦提大地沉浸在一种微醺的无边无际的幸福光晕当中。

棉叶。一片两片三片。时间带动着数量往前跑，像完成一次密谋，也像有力地推动季节的轮子，催生春天，并使春天在风中受孕。一望无际的棉田就是生机勃勃的春。

幼年棉叶——看一眼就叫人心痛！嫩黄或墨绿色。一种生命和希望的颜色，一种关于未来的热血涌动。绿色的血，大地之血，在每株植物的脉管里澎湃。

那是不带尖角的椭圆形叶片。乖巧柔顺，色绿肉厚，被微红的叶茎托举着，极像婴儿红润鲜嫩的小手，看一眼就忘不掉。忍不住想上前握住，想亲一口，或摸一下。

土地真是一位天才魔术师!不经意间,就会生长出如此柔美而奇妙的植物,真有点令人难以置信。正如一位年轻女子一点也不相信她也会生出一个跟自己一模一样的迷人女儿!

其实,如此喜爱棉叶的不光是人类!

还有雨、风、冰雹及沙子,更多的则是许多能飞又能跑的小动物。

棉蚜是世界上最小的棉花害虫之一,也是繁殖力最强的动物——一年的短短几个月中,它们可以马不停蹄地繁殖出20至30代虫子。你说吓人不吓人!

棉蚜就是专吃漂亮动人的嫩小棉苗、棉叶的虫子。

它们把小得肉眼几乎看不见的口器刺入幼嫩的棉茎、棉叶里,拼命吸取叶液。一吸就是几天几夜,恨不得一口气吸干整株棉苗,把自己吃得体大如牛。

可能因为个头太小的缘故,极度的自卑感迫使它们对生命繁殖产生旺盛的兴趣。以为生的儿孙愈多,自己愈了不起!也可能因为个头太小,老棉叶棉秆和棉桃啃不动,就抓紧时间吃嫩叶。能吃多少吃多少,直到吃不动为止。因为个子太小,成千上万的虫子排在一起同时下口吃。它们挤成疙瘩,黑压压或绿压压一片,从四面八方把嫩棉叶、棉茎包围住,喊声号子一齐下口。它们以为人多势众,集团冲锋,就没有吃不败的棉花,就可以体现集体的力量和智慧,靠人海战术取胜。直到吃得美丽动人的棉叶蜷缩枯落。新叶长成后,棉花错过开花结果时机,白生长一场。

棉蚜,又被称为腻虫、蜜虫或油汗,是一种渺小而令人生厌的害虫。

这种体长仅 1.2 至 1.9 毫米之间的小虫子！

雌蚜分两种：有翅胎生的和无翅胎生的。前者长有透明的翅膀，可四处乱飞，后者没翅膀。夏季全身黄绿色，春秋季节深绿色。全身蜡粉，走到哪儿脏到哪儿！

仔细研究这些小虫子的生活习性是一件有趣的事情。

棉蚜几月内可高速繁殖近 30 代后代，没想到每代虫子全是母的。似乎只有母虫子才有能力有效生产出更多的虫子，使其家族势力不断增大。而公虫子都是吃闲饭的，多生一个都不行！但不生公虫子又不行。于是经商量，决定把每年的最后一代虫子全生成公的。也就是——眼看着棉株衰老时，就集体性迁飞到准备过冬的寄主树木上，生产全年唯一的一代雄蚜。随后，每只雌蚜都同这代雄蚜交配，并就近在树木的芽腋处，密密麻麻下出多得谁也数不完的卵，以度过漫长冬天。

这些卵主要寄附在石榴、桑树、花椒、木槿等树木的枝条或杂草根部，极易辨认。所以每年冬春季节，新疆主要棉区的一些城镇乡村里对棉蚜深恶痛绝的人，就挥刀砍掉大小树木枝丫。大火焚之，断其后代，以减蚜害。

春天，未被烧掉的蚜卵开始孵化，在越冬寄主身上连续繁殖三四代。4 月下旬，看到棉苗出土，棉叶娇柔可人地长出来后，赶紧生产有翅膀的蚜虫，集体迁入棉田为害。5 月下旬至 6 月上旬，棉苗成长的要命时节，正好是蚜害的高峰期。7 月中旬到 8 月上旬，棉株长大后，这些烦人的棉蚜把自己长成伏蚜,继续猖獗危害,棉农苦不堪言。

1996年和1997年是阿瓦提棉蚜大面积为害的年份。空中恣意翻飞着这种恼人的害虫,其热情的生命状态叫人难以想象。

在阿瓦提街头,骑自行车的人连眼睛都睁不开。要是穿黄色衣服在路上走一圈,几分钟后,衣服上就落了一层棉蚜。黄衣裳变成蚜衣裳!随手掰下一片棉叶一看,上面足有1万只虫子。几乎每片棉叶都被棉蚜分泌出来的蜜露污染得油腻腻的,人们被这种可怕的蚜灾吓呆了!

由于棉蚜喜欢黄颜色,阿瓦提植保人员就号召人们在黄色板子上涂满机油,放在门前,把这些四处乱飞乱撞的虫子粘住后弄死,也鼓励大家把黄色脸盆放在田间地头接蚜虫,一会儿就接一盆子。往火里一倒,将其烧死。

灭蚜办法很多,除早春剁枝焚烧外,阿瓦提人还往越冬寄主上喷洒氯化乐果;在棉田周边播种小麦、春玉米、油菜等,招引蚜虫天敌灭蚜;用甲拌磷或灭蚜松粉拌种;用久效磷、甲胺磷及氯化乐果喷洒棉苗顶心;用药液涂抹每株棉茎的绿红交界处;用卵虫威乳油、久效磷乳油及毙蚜丁进行叶面均匀喷雾等。人们总能想出许多对付蚜虫的好办法!

这些蚜虫也真是不自量力。你说它们喜欢吃啥植物不好,偏偏找人们心痛得要命的棉苗吃,而且专吃鲜嫩迷人的棉叶、棉茎。谁能容许呢!

跟人作对,只能死路一条。

必要时，人类还要发动棉蚜的天敌——瓢虫、草铃、食蚜蝇、蚜茧蜂甚至蚜真菌一齐上阵。直到把蚜虫撵出棉田，赶尽杀绝。

不管咋说，能跟人一样喜欢稚嫩的棉叶，说明棉蚜还是一种聪明而有眼光的虫子——能够一眼看出美和好。

昆虫们

很多昆虫到死也不明白:人类为啥那么憎恨它们?为啥总要穷追猛打,斩尽杀绝!

照理说,每种动物都有其特殊的生命权利。按照自己的方式生活,按照特定的节奏和规律欢乐及悲伤,有条不紊地把属于自己的道路走完。

拿棉虫来说吧。它们只是依照本能的生存指向走,吃自己喜欢吃的棉花叶子,和棉花及其他许多跟自己差不多的昆虫一起享受同一片阳光,呼吸田野里醉人的空气并成蛹羽化,谈情说爱,生儿育女等。就大方向而言,它们只是尽自己的本分,完成生物链中的一个重要环节。

可是不行。正因为它们夺人所爱——选吃的是人类疼爱有加的棉花,触犯人类世界的禁忌,故要横遭诛杀。

这是一场战争。人虫大战,你死我活!更重要的是一场没有结果的战争。从局部战场看,有时候虫赢了,有时人赢了。但因果的显现需要时间。要站在纵深或长久的时间刻度来看问题。也许你用敌敌畏、乐果、氟蚜螨或敌杀死等化学药品,一夜之间杀死了大片棉蚜棉铃虫及绿盲蝽,但你也许同时杀死了这块地方里全部的瓢虫、草铃、胡蜂、食蚜蝇。你亲手弄断了某种神秘的食物链,破坏了应有的生态平衡。也许你一年内大开杀戒后收获的棉花,却要连续用10年的恶果来偿还。

面对这种结局,哪个人敢说他是赢家?

害虫。几乎所有有些影响的棉花害虫都被列入黑名单:棉蚜、棉铃虫、棉蓟马、红蜘蛛、大造桥虫、小造桥虫、大卷叶螟、银纹夜蛾、红铃虫、棉叶蝉、大青叶蝉、绿盲蝽、中黑盲蝽、苜蓿盲蝽、三点盲蝽、玉米螟、大袋蛾、甜菜夜蛾、斜纹夜蛾、鼎点金刚钻、翠纹金刚钻、棉粉虱、蜗牛、蝼蛄、棉尖象、大地老虎、小地老虎、黄地老虎、灯蛾……应有尽有,无穷无尽。每种害虫都是棉农的心腹大患。

可是,不知为什么,我还是为棉花上的虫子们——这些人类的敌人而难过。他们本来过得好好的,并为碰着了一片好吃的植物而欢天喜地。它们多想依照生命规律及要求来开怀畅饮,把欢乐的日子过足,把儿孙喂养得又白又胖!但一场药粉打来,说要命就要了它们的命。

悲惨,但又毫无办法。从各自的角度出发,虫子和棉农都是对的。一个想吃,一个不让吃。棉田里的战争一触即发。

在这场生存大战中,双方斗智斗勇,用尽绝招。

棉红蜘蛛主要在北疆为害。棉红腐病多发生在多雨的南方地区。即使是可憎的蝗虫,也着重出现在昆仑山、天山的山地草原地带。受沙漠戈壁阻隔,地处塔里木盆地北缘的日照充足的阿瓦提,人们深为自己不受上述病虫侵害而庆幸。岂料棉蚜和棉铃虫等危害却海浪一样层层卷来,叫人痛苦不堪。

人们持续喷洒敌敌畏或乐果,打得所有想吃棉花的虫子抱头鼠窜,无处藏身。想多吃一口棉叶都不行。

可是,突然有一天,这些屡试不爽的药品不灵了!被药击中后,棉蚜、棉叶蝉或棉铃虫翻个跟头,晕乎一阵子,像大睡一觉一样,揉揉眼睛,继续啃噬鲜嫩的棉叶棉花。

棉农大惊失色,以为又买上了令人深恶痛绝的假药。找到卫生机构一化验——药是真的。只是——虫子已产生抗体,适应了你的药。药量再大,虫子没杀死,反而把地和生态毁坏了!

从战略战术上讲,在这场人虫大战中,虫子从来没输过。对于昆虫来说,人才是最大的害虫,是最讨厌的天敌。人类的一次次打击使得虫子们身经百战,愈发聪明睿智。

棉叶蝉(阿瓦提人称其棉浮尘子、棉叶跳虫及两点浮尘子)把口器长得又长又尖,轻松一挥,就能达到身体的中胸后部。甚至前翅翅芽一伸就伸到腹部第四节位置。

长这么长的利器干什么?探觅食物,对付物主呀!棉叶蝉完全以一种训练有素的武士形象站在了棉田里。

无论成虫或若虫,轻轻一使劲儿,就能从棉秆及棉叶深处汲取肥美的汁液。

不光这样。吃饱喝足后,它们还特意把体内的毒液吐入棉叶内部,使其变红变黄,焦枯脱落。使果枝短小,花蕾一头栽倒在地,看你人类有啥办法。

有一种叫绿盲蝽的虫子,无论成虫和若虫都有本事在棉株的顶芽、嫩叶、花蕾及幼铃上刺吸汁液。被害的棉花有一种被强暴或被阉割的感觉,于是就破罐子破摔,啥也不好好长了——不开花也不结果。最多只长两片又肥又厚又大的叶子,象征性地举着,尴尬异常地站在棉田里,成为有名的公棉花。更多的棉叶破孔密布,皱缩不平,变成破叶疯。

虫子们遇到大是大非的问题时,一般不会怨天尤人,怪罪环境。大多数时候,它们愿意在加强自身修炼上下工夫。比方说用装死的办法躲过一劫,用逃跑的方式自卫,用四脚朝天的办法反击。比方说随着季节变换身体形状和颜色,保持与周围环境的和谐统一。棉苗嫩黄时长成黄绿色,棉株翠绿时长成青绿色,棉花收获时长成红褐色等。总之要适时调整自己,以便与四周景色相宜。它们还会尽可能地把蛋下在棉叶背面或树枝的角落里,尽量压低声音说话和走路,以躲避人类的耳目和天敌的追捕。为了合情合理地生存,它们费尽心机,似乎再也没时间去创造文化艺术和精神文明,只能活一天算一天,活一天快乐一天。每个日子都过得匆忙而欢乐。

然而,终日忙于追杀虫子的棉农的日子过得咋样呢?

阿瓦提人给我讲了许多精彩的故事。

本来想以《棉花的故事》为题，写一组精美的短篇小说，但因篇幅及结构限制，无法在这部散文集中呈现给读者。

想一想人类的这些丰富、美好、幸与不幸的生活故事，我们就不难理解虫子们强烈而无助的生命追求了！

换句话说，棉虫和棉农一样，有其独特的悲伤和欢乐，也有自己如火如荼的爱情生活和生命歌声。

一年一年地看着人和虫子为争夺棉花而搏斗，其实心里很不是滋味。我几乎很难说出谁是谁的坏蛋，谁是对的，谁是错的，谁该住手，谁不该住手。相信只要双方存在，战斗还会一直进行下去。

也许这种战斗方式才是最正当的方式。作为一对矛盾体，谁都得靠同对方的敌对状态而存在。没有敌对就没有了存在，活着或生活也就失去了意义。

而我，肯定还要这么无所作为地熬过一些年月。既做人类的一分子，也做虫子们的知己。

第三部分 与你为邻

大地的教育

盐和碱已翻长到地面上

在叶尔羌河谷，我一次次匍匐在地，像一只羊一样伸出舌头，舔舐白花花的碱土。我想知道这一块地方跟那一块地方之间有啥不同，也期望通过舌头的体验来打开我同这个地区之间的秘密通道。

盐和碱已翻长到地面上，形成洁白的大地。它们似乎争着往上长。长到高处，就能够被牧民看见——将其挖回家里，泡成盐水蘸羊肉吃。

这种土盐蘸食的山羊羔肉，才是真正的手抓肉。这种手抓肉是天底下最好吃的肉。

洁白的盐碱地同远处的积雪形成对照。双方赛着白，看谁能坚持自己！看谁白过谁。

库尔班具有一种看待朴素事物的特殊直觉。他一眼就能看清哪里是盐碱,哪里是残雪。

库尔班不用尝就知道哪块地的碱土纯正,哪块地的碱土含盐量不足,以及哪块地的杂质过多。有些地方的盐碱还会突然被地下冒出来的石油或其他有色矿物质所污染。

库尔班从胡杨林里捡回来枯槁的树枝和柽柳疙瘩,用斧头劈开后,加进炉子里烤火炖羊肉吃,而后把炉灰重新倒进胡杨林,使其滋养更多更健壮的树木。让它们根深叶茂,给大地带来阴凉、润泽及氧气。

库尔班养了一大群羊。他把羊粪铺撒进草地里,使大地长出肥美的鲜草。再用这些嫩草喂羊,使羊肥硕。再催生出更多更好的羊草……

羊。草。羊粪。大地。人。羊。

在这个简单易行的生物循环链中,大地自始至终居于核心地位。不可怀疑,更不可动摇。甚至可以说,是大地一手创造并完成了这一切。大地叫诸事回归到本来位置,使万物繁荣昌盛。

大地最神圣的泪水

往往有这样的情况——

一连好几年,棉花都在同一块地里好好地长着。可是突然有一天,任凭你播再好的种子上再厚的肥料,棉花连一寸都不愿多长了。吓得你围着棉田团团转。干着急,又没办法。

只有经验丰富的棉农知道——这是地累了,长不动棉花了。唯有歇歇地,倒茬种点玉米、油葵什么的,叫大地恢复一下体力,才能重新长出好棉花。

也有这样的时候——

棉田里的棉花一茬茬长。长着长着,土地就忙忘了一些事情,比如把大地深处的碱给长到地面上,影响了棉花的发育成熟和开花结果。

这就需要放水压碱,或者种一茬麦子就好了!

碰到伤心事时,抑或心中郁积的苦难过于巨大时,土地也会流泪。它把眼泪从胡杨树的裂缝处流出来,顺便把大树身上多余的盐碱排泄出来。

大地最神圣的泪水,永远能找到自己的眼睛。

大地是最宽厚而朴素亲切的智者,是万物永恒的老师。大地教导我们一直同简朴的事物在一起,终生向美向善。

幸福山的故事

有人给我讲过一个幸福山的故事。

这是世界上最高的一座山,也是人类共同向往的山。

然而,如果你到达这山的顶峰,你就只有一个愿望,那就是——尽快走下山去,同居住在最深的山谷里的人们待在一起。

那里才是你该去的地方,是幸福的归宿和方向。

这——就是幸福山,也是人们管它叫幸福山的缘故。

那么,是什么教导了人们,使大家认清自己,看准方向,重新回到人群当中来,并找到真正属于自己的朴素饱满的幸福?

是大地。

山是大地的另一种存在样式。幸福山其实并不存在。幸福山在我们中间,是我们脚下的承载了我们亿万年之后,还将一直养育我的大地。

大地在我们当中,强大得几乎被我们看不见。它仁慈和富饶得纯洁无瑕,一尘不染;它虚怀若谷,与天空和太阳对应,成为我们可以不当回事的无。无生有,有生无,无使天地万物得以诞生和发展。

走在胡杨林里

走在胡杨林里,我把我能碰到的每一棵胡杨树都看一眼。而后拣一片这棵树的叶子,揣进背包里。回家后,我逐一将其摊放在书桌上和床上,仔细观察它们的色泽和纹理,并想象它们在树上随风飘摆,以及凋落时完成一辈子唯一一次飞翔时的样子和心情。我极想解读一片叶子的心事和生命密码。

也许——我什么也解读不了。

我本身就是一片胡杨叶子。在阳光的照耀下,尽量把自己活好。以沉默的方式说话,然后聚集毕生的热情和勇气,完成仅有的飞。边飞边跌落,边落边向大地致敬。最终化身为泥,融入大地。

这是一个纪伯伦讲过的故事。

一棵树对一个人说:"我的根深入红色大地。我要把我的果实送给你。"

这个人对那棵树说:"咱俩多么相似。我的根也深入红色大地。红色大地赋予你力量,赠我以果实。红色大地教育我以感谢之忱,接受你的馈赠。"

碱土是一种酸咸苦涩的物质。品尝叶尔羌河谷的碱土,有点像品尝生活和苦难,也像品尝我们既有的贫乏教育,以及关于美好教育前途的由衷期待。

响　冰

一阵鸟语草香袭来

那天,在冬季的上游水库边缘地带游荡,一阵阵清洁的鸟语草香袭来。我体会到了在水边居住的好处,以及漫无边际的广大宁静所导致的幸福感。

我该怎样来表述那天上午的美好感觉呢?

时值12月。一层薄雪覆盖了这个长约33公里的湖面及其边缘地区。这是昨夜刚下的新雪,很多地方尚未被野兔、羊群及野鸭踩踏,很多芦苇叶秆之间和湖边枯死的树杈上,都或多或少地托举着洁白的雪。

大部分湖面已结冰。只有湖湾处,或者靠近芦苇丛的避风处,尚未冻住。这种地方,就成了野鸭们嬉戏游玩和谈情说爱的天堂。

不远处的湖湾水面上——水幽蓝深远,美得不太真实。像油画里的水,也像童话中配得上白雪公主居住的地方。

可是——成千上万只野鸭子居住在那里。

它们黑压压一片,几乎把整个湖湾水面都占住了。它们咕咕嘎嘎地叫着,扇动翅膀飞起来,抖落一身水珠,而后又斜着身子飞进水里,蘸满湖水。翅膀划过水面时,犁开一条白花花的水路。

奇怪的是,我当时极度渴望成为它们中的一员。自由自在地说话或不说话。想玩时就尽情地玩,不想玩了就在天上飞。还能一下子飞到湖的背面,开辟另一番崭新的生活。

司机杨军民、翻译玉素甫江·穆海麦提和向导唐守伦等,在闸口处跟湖边的牧羊人聊天。我独自在湖岸上悠闲自在地逛游。仿佛一直在胡思乱想,可啥事也没想出来。

金黄茂密的芦苇丛

在金黄茂密的芦苇丛的掩护下,我正小心翼翼地朝野鸭群靠近。手里提着上满胶卷的相机,一心想记录住鸭子们妙趣横生的细微生活和全部的美。

近一些,再近一些。我不敢直着身子走路,更不敢抬头看它们一眼。当然也不能踩出太大的声响,甚至连大气都不敢出。我害怕稍不小心,就惊飞了这些迷人的鸟和生活。

可是——我还是惊扰了它们!

我只是抬头看了一眼。它们像得到一句神秘口令似的,整齐一致地轰的一声,一齐振翅朝远处的湖面飞去,一个都不愿意留下来。它们对人类的警觉和敌意已经到了极度敏感和万无一失的地步,起飞时的翅膀、脚趾和风声,在幽深的湖面掀动万层细浪。

望着布满天空的振翅远飞的鸭子,望着它们整齐惊慌的阵形,以及洁白的腹肚和内翅,我委屈而失望,心里堵得难受。那一刻,我觉得自己极像艾特玛托夫的《白轮船》中的那位孤独的小男孩。眼看着湖面上代表自己整个爱和梦想的白轮船开走了,却什么事都不能做。不能喊它叫它挽留它,更没有力量拦住它,也不能变成梦中的小鱼去追它,只能无辜又无助地站在岸上,看着白轮船愈走愈远;只能泪流满面地重复着说一句话:"你好,白轮船。这是我!"

如果说白轮船是一支灵魂的温度计,一直在时空中测量着我们心灵的冷暖,测量着这个诗一样真挚透明的故事中的孩子、水,同那边混浊的成人世界之间的美丑界限的话,那么这一天,清洁的鸭子们则是另一艘白轮船,代表着真实、干净而高贵的美,代表上游水库及整个塔里木地区的精神高度,是一个理想化的完美心灵世界。所以当它们猛然间远走高飞的时候,我觉得内心突然空空落落的,有一种失恋的感觉,仿佛五脏六腑一下子被人给掏空了,颓然瘫坐在地上,心里懊恼又沮丧。

但不管怎么说,这注定是幸福的一天。

我带着孤独和热爱来了

冬天是我最喜欢的季节。新疆的冬天的水边,似乎更有一种夺人心魄的清雅气息和冷冽的魅力。既符合我的气质和心境,也符合我本质的内心需要。

凡·高说:"在生活中,在绘画中也一样——我完全能够没有上帝。但是,痛苦的我不能够没有某种比我更伟大的东西。"

我觉得,冬日上午薄雾朦胧的上游水库四周,正渐次形成和聚合着这种宁静高远的东西。一种庄重肃穆的崇高感情,一种面对大冰大水时的通明透亮的虔敬感受,以及关于青春、美和爱的挽留及回忆。

你看。我带着孤独和热爱来了。

我怀揣关于大地的敬畏与期待来到水边,我走进的是冬天。昆虫们正在啥事也不想地埋头冬眠;田螺和大大小小的鱼正沉入湖底;43个冬季排队过来,上游水库里的参天大树,被不断抬高的湖水一根一根地拔掉后枯死了!只剩下一望无际的冰面。

空气透明而纯净,具有某种坚定不移的清爽和晴朗,同时彻底的新鲜和安静。人走过时,似乎都能弹奏出古筝般的空灵悠长的脆响。阳光透过云层,一缕缕打在干干净净的薄雪上、金黄的芦苇上和或白或蓝的湖面上,整个大地泛射出一种明媚灿烂的光芒。仿佛一种宗教般的神圣气息层层袭来,仿佛每个心灵正变得正直而高贵。

妙不可言的奇特景观出现了

更重要的是——这时候我要说到令人心驰神往的响冰。

响冰,就是能发出好听声响的破冰声。

每年 11 月底,上游水库的水面开始封冻。

然而,这是一个必不可少的冬季注水季节。阿克苏河及叶尔羌河的水一定得抓紧时机朝水库里排放。

如此一来,一种妙不可言的奇特景观出现了!

水在冰下涌流。大风吹来,迫使水面上已经冻结的冰层瞬间断裂。断裂声纵横交错,忽远忽近,响成一片。离水库四五公里开外的人,也能清晰地听到。

这个响冰季节。我来了!我听到了一曲奇妙的冰水交响乐。

坐在岸边。听。或者徒劳地看。嗖嗖嗖,那是子弹划过夜空的声音;嘶嘶嘶,一种撕扯丝绸的声音;还有巨大的雷鸣轰隆隆滚过头顶的声音;也有开怀大笑及泣不成声的声音;更多的则是由远而近的那种干净清脆的连绵不绝的铜锣声。似乎无数只手划过时光的隧道,在洞壁上拍打出一连串清晰明白的脆响。你感到时空交织,如梦似幻。仿佛阿瓦提大地正在给你上演一场专场音乐会,仿佛水正在生育,上游水库正在制造奇迹。只要你再耐心地多等十分钟,伟大的事情就会活灵活现地诞生在你的面前。

此刻，心里装满惊喜

此时此刻，我的心里装满了惊喜和幸福。

有好一阵子，我快乐得不知道该咋办才好。

《诗经》说："所谓伊人，在水一方。溯洄从之，道阻且长；溯游从之，宛在水中央。"

写及此，我觉得每个方块汉字都轻灵飘荡起来；每个字都在响冰声中手拉手，载歌载舞，欢庆崇高的幸福和激情。字，一边哭泣，一边歌唱和拥抱。

这时，我不由自主地想起海子的《幸福的一日》——
  我无限地热爱着新的一日
  今天的太阳 今天的马 今天的花楸树
  使我健康 富足 拥有一生

  从黎明到黄昏
  阳光充足
  胜过一切过去的诗
  幸福找到我
  幸福说："瞧，这个诗人
  他比我本人还要幸福"
  ……

黄云黑云白云

护卫花蕾

盛夏的午后,一朵巨大的黄云突然出现在新和县上空。

黄云镶着黑边,来势凶猛。一看就是冰雹云。

眼下正是棉花的花蕾期,娇嫩无比的花蕾一碰就掉。假若遭受冰雹袭击,后果不堪设想。

黄云越来越近,面积不断增大。情况万分紧急。

开炮!

新和防雹队接到命令后,高炮齐射。

部分云团被打散了,更多的云则重新集结,形成更大的黄色云团,朝东北部的库车方向逃去。

库车是古龟兹国所在地。沃野万顷,王气十足,岂容冰雹侵犯!

开炮!

库车县防雹队倾其所有炮弹，雨点一般射向黄云。迫使黄色云团朝南部的沙雅县方向落荒而逃。

沙雅防雹队不甘示弱。黄云团刚进入县境上空时即开炮射击。这朵云被重新打回库车县上空。

最麻烦的是——库车人始料未及！由于火力过猛，现存的炮弹刚才一口气打光了。黄云再次被打回来后，束手无策。

鸡蛋大的冰雹倾泻而至，数万公顷青春无比的棉花及其他农作物横遭袭劫！

我的朋友陈旭东（时任阿克苏电视台记者），他和同事扛着摄像机赶赴灾区时看到，很多农民坐在棉田里抱头痛哭。

更多的人坐在田埂上，满眼空洞地呆望被冰雹击打得破败不堪的棉秆。一年的收成，短短几分钟内就给打没了。你说心痛不心痛！

新和、库车、沙雅三县交界，地理上呈三角地带，均系粮棉大县。同一朵冰雹云在空中被打来打去是可能的。全力保护境内居民生命财产安全也在情理之中。任何地方的人遭灾都是叫人痛心疾首的事情。

抛开灾情不讲。我想说的是——这是我在塔里木听到得最惊心动魄而浪漫有趣的故事之一。我瞪大了惊奇的眼睛，几乎大气不敢出地盯着眉飞色舞讲故事的人，生怕稍有不慎，就遗漏了某个细节。

你想想，一朵满身揣满危险的黄云，在著名的塔里木上空飞行。随后被警惕的人们拿高射炮或火箭弹在天上打得亡命奔逃。这多有意思！听起来，简直跟孙悟空大闹天宫差不多。甚至是天宫大战的现代版。没准儿这朵黄云还是孙大圣腾云驾雾，除魔降妖时使用过的那朵祥云呢！

我敢肯定，在天空打黄云这件事，足以满足一切都市男女的浪漫幻想和惊喜愿望。

高射炮或火箭炮

阿瓦提防雹队的宋旭说，今天下午去看大炮。

冬季不用时，这些大炮被堆放到库房里，并用帆布套子包裹起来。有事没事的时候，炮手们一遍遍擦炮修炮，以利夏季准确开炮。

阿瓦提共有15门六五式双管高射炮和10门火箭炮，可分别在17个炮点谋求最佳射击位置，有效炮击冰雹云。

高射炮呈浓绿色。体重3.8吨，身高1.44米。炮管远远地伸出去，像要抓住黄云穷追猛打似的。一说话，就把1公斤重的炮弹瞬间推送出去好几公里远。

高射炮的有效射程约8.5公里。在一次性作业单元里，可连续发射150发炮弹。一般来说，炮手们要等到黄云飘飞到5至8.5公里之间才准确开炮。通过炮弹在空中爆炸，方圆5公里之内的冰雹云，高射炮能够极有把握地将其摧毁。

相对而言，炮手们更愿使用火箭炮。

他们说，火箭炮射程远，打击面广，无危险，效果好。

火箭炮开炮后，通过火箭弹在高空撒播碘化银及燃烧剂的高温溶化办法,将黄云携带的冰晶和冰核摧毁,使其变成雨点,飘落下来,润泽大地。

在45度左右,火箭炮可把炮弹一下子打出去10多公里。一门火箭炮连续发射50枚炮弹不成问题。

宋旭说,有一次,他们对准一朵黄云,一连发射400多发火箭弹,才将其打散。

他们的使命就是每天看云。看云的颜色、方向、行走路线和速度,也看云的心思及飘飞可能。通过雷达的观察分析及同相邻地县的情报判断,他们能够准确掌握每朵云的详细情况,厚度、长度、密度、冰晶冰粒含量等尽在视线之内。时间长了,大伙儿都能很职业地看清每朵云的来龙去脉。一旦接到开炮命令,就在规定的时间范围里,把该打的炮弹一发不剩地打出去。

极其可怕的黄云

一般情况下,阿瓦提的职业看云者把云分成黄云、黑云和白云三种类型。

午饭过后,天空飘来一朵云。

假若这是一朵黄云的话,就该挨打了!要是镶黑边的黄云,那就立即开炮击打!若是一朵镶黄边的黑云,也得打!这种云大多飘得高,云层厚,其间蕴藏大量冰晶冰粒,且行动迅速,来势凶猛,雷声沉闷而密集。不打不行。不打就会让庄稼遭灾。

黑云看起来可怕,实际上却威胁不大。冷空气急速凝结后,因过于密切及高度不够而黑。但冷空气凝结的强度不够,未形成冰晶和冰粒,故可打可不打。一般选择不打。

而白云则是人见人爱的云,它无冰无雹,无毒无害,还使天空灿烂明丽。白云总是拖着影子漫游在夏日的大地上方。轻灵迅跑的时候,其清凉曼妙程度无异于给万事万物痛饮了一杯清香的牛奶。所以,内行人都知道,从来没有人开炮追打白云。

2002年,阿瓦提县总共开炮24次,打的全是黄云。15万公顷高产棉花基本上被成功守卫住了!好收成使各族棉农笑逐颜开。

新疆是个天高地大的地方。每个地方几乎都能看到湛蓝的天空和色彩绚丽的云彩。

就因为这些好看的云彩,每个新疆人都会陡增很多关于家园的无限热爱。使我们看到活着的好处及可能,并学会对世界留恋和感恩!

在冬季的天山、阿尔泰山,夏季的塔里木盆地和春秋时节的巴音布鲁克草原、巩乃斯草原等地,人们总能看到在别的地方也许一辈子也看不到的好景致。而万景之中,大家无不为终日飘荡在天空中的远远近近的云彩而兴奋。可以说,是天上好看的云的映照使我们的大地和生活多姿多彩起来。云一笔写就了我们鲜活生动的好日子。

很难想象,假如没有云,天空还是不是天空?天空还能否存在?要是没有了天空,大地还能叫大地吗?所有生命该往何处去!这真是一个不敢追问的问题。

云究竟是个什么东西

云究竟是一个什么东西?它是怎样形成的?何以对我们的生活和生命产生如此强大的压力和影响？当每一位棉农一边精心侍弄田地里的棉苗，一边望着每一朵飘来跑去的云彩而提心吊胆的时候，我们这些啥农活儿也不懂的城市人,何以对云产生这么强烈的浪漫热爱和期待呢？这么持久又空泛地赞美云彩到底对不对！

一朵云就是一滴水，是诞生于大地又高于大地的金贵物质。这滴水无时无刻不为寻找到返回大地的方式而伤脑筋。

云的重量就是其体内所含水滴(或水晶)的重量。雨、雪、冰雹、雾、霜……都是其回归大地的姿态。

那些学究气很重的人，比炮手们更细致地划分了云的种类，认为云有积云、高积云、层云、层积云和雨层云几种。

经准确测算发现，积云的含水量为每立方米0.12至1克;高积云的含水量为每立方米0.2至0.5克;层云或层积云的含水量为每立方米0.12至0.5克;雨层云的含水量每立方米可达15克。

这样说有些抽象。

举个例子：要是你一把抓住了一朵1平方公里的积云送女朋友的话，仅按每立方米0.2克的含水量计算，就等于一下子送给她约200吨重的水。

据说,云中每一个水滴的直径约为0.01毫米。它向地面自然下落的速度是每秒0.5厘米。如此一来,大地上的一个小小的上升气流就足以使云团悬浮起来,并不容易坠落。如果可能,你只需轻轻使劲儿,就可以拉着这朵云在天空高速奔跑并送给心上人了!这多有意思!

我们的大地已经很老了

在一本名为《神秘的梦》的书里,我读到了阿不都哈得尔·木海买提讲的一个精彩的故事《二十四个夜晚》。商人马依木乃外出做生意,其美丽的妻子海吉斯太耐不住寂寞,一心想在夜间去同王子幽会。聪明的鹦鹉就每天晚上给她讲故事,直到马依木乃平安归来。夫妻重新过上幸福的生活。

这是一个不比卜伽丘的《十日谈》逊色的绝妙故事。每一晚的故事都精彩绝伦,扣人心弦。故事的开头,鹦鹉讲了个谜语叫女主人猜:没有翅膀飞天下,没有腿脚跑万家,没有舌头能讲话,没有眼睛泪哗哗,没有生命会玩耍,没有嘴巴笑哈哈。

这个谜语的谜底只有一个字——云。

用云开头讲故事,整个故事一下子空灵美妙起来。讲者和听者都身心愉快,各得其所。

白俄罗斯的兹·比雅杜里亚说:7岁的小男孩杨卡,在牧场的小河边放鹅。

"我们的大地已经很老了,而它还活着。"杨卡想。

"世界的边沿在哪儿?"杨卡整天想着,但总是弄不明白。

"世界的边沿在哪儿?"这是7岁的杨卡的问题,也是每个人的问题。

杨卡相信太阳或云朵知道答案,同时相信学校的书里一定写清了这个答案。他所有的读书目标和愿望,几乎都可能冲着这个疑问而去。

这才是真实和生活。

我想,杨卡也可以带着相同的问题去诘问世界。

譬如云是怎样学会飞翔的?

譬如一朵云有没有年龄和梦?

譬如云会保佑什么样的人一生平安,要啥有啥?

……

学会同一朵云交往,就等于学会了同世界交往。

鸽 子 笼

鸽子笼安在库尔班家的房顶。一把梯子架在房檐上,确保每天送水送食的道路通行不悖。

我顺着梯子爬上屋顶的时候,全体鸽子像得到险情警报似的,轰的一声飞走了。

我是个闯入者。显然无法一下子就得到鸽子的信任。

飞走的鸽子一圈又一圈在离房顶不远的空中盘旋,也不嫌累!

我和热娜古丽站在房顶,看着鸽子们一遍遍地飞。我们盯住鸽子不放,不住地挪动脚步,像芭蕾舞演员那样,被鸽子牵动着视线绕圈子。

鸽子像鱼一样在天空穿行。紧密地围在一起,谁也不会碰着谁。它们只是集体性地飞行。按照统一的方向和心愿,在天空滑翔。

鸽翅拍打着空气,发出一种撕扯丝绸般的好听的声音,也像刮过五月的一阵季风,以及忽然掠过心头的一缕关于爱情的记忆。遥远、亲切、温暖。最主要的是一种飞翔在时空中的不确定性。一个划过心际的不可捉摸的明媚忧伤。

转弯的时候，鸽子们把大面积的后背亮给我们。幽深的色泽，暗蓝、微红、淡绿或者灰黑及墨绿。脊背、翅翼的背面以及后脑勺部位……完全深厚凝重起来。鸽子们变幻成一群蓬勃的幽灵，像凌空飞翔的灰色叶片，也像面对大地的诺言。端庄、朴素而诚恳。鸽子成为某种承诺。

把弯转完后，鸽群呈平行飞行状。鸽群变成一条线，灰色的线，一种足以缝合天空和地界的针线。极短的时间里，这根线在天空飞行，按照既定的目标，伸直身体，朝前飞。

我其实很想握住这根线，把它当成时间的筋骨，当成命运的缰绳，并用它缝合生命的缺口，缝合受伤的心以及我永不磨灭的梦想。

我想用这根在天空飞翔的灰色的线拴住一个人的心，拴住这颗心周围的世界。我不想看到这个世界在我眼前凋落，也不想眼看着这鲜活的身体突然失重。

这时，鸽群猛然翻转身子，面对我们。

一下子转过来身子的时候，我激动得不知道说啥才好！我像碰到了爱情一样，有些手足无措，两眼茫然。

鸽子翻转过来，把整个怀抱露给我和热娜古丽。一只两只三只……一百只！那是一群鸽子。那是一片银色的世界。双腿紧缩至羽毛中，露出了双翼内侧、腹部和脖颈的洁白的绒毛。太阳把光打在这些毛上，使整个鸽群灿烂起来。鸽群发出一片耀眼的光。鸽群一下子明净圣洁起来。像说出了哲人想说的话,像找到了一条通向天堂的路,也像给人类指明了努力的方向。

我觉得自己的内心一下子被美丽的鸽子们发出的耀眼的白光照亮了。我激动得身子猛地一颤。我体会到了一种简单而清洁的幸福。我下意识地举起手,想指认这种转瞬即逝的幸福,也想把它指给我远方的亲人们看,但我又什么也指不出来。我甚至害怕一挥手,这种幸福就被打扰了,飞走了,再也找不到了!

小热娜古丽显然已经感受到了这种缘自空中白鸽的欢乐和幸福。她穿着红毛衣,踮起脚后跟,把身体往上一抬一抬的,两手在头顶挥个不停。

房顶有两个鸽笼。一个冬天的,一个夏天的。两个鸽笼连在一起。

夏天的鸽笼由薄而匀称的白杨木板钉做而成,通风、凉爽、整洁和美观。冬天的鸽笼则由红柳条编织出四面墙壁,再涂上厚厚一层胶泥和麦草拌和而成的泥巴。笼顶则盖着芦苇秆和保暖泥层。

看得出,库尔班用自己盖房子的办法给鸽子搭建了一间冬天的屋子。舒适、好看而暖和。鸽子们被喂得健壮而美丽,仿佛有使不完的劲儿,唱不完的歌。

把鸽笼盖在房顶这件事本身就是崇高而诱人的。它表明了库尔班对在高处飞翔的鸽子们本能的热爱和尊重,也表明了他内心的单纯和干净。

他肯定是个分寸感极强的人,知道这个世界上些许事物可以根本不用当回事儿!而有些东西你必须从心底里保持永恒的尊崇和诚恳的爱戴——知道对那些纯真而圣洁的美好动物保持始终如一的朴素感情。

不光库尔班。其实,在整个塔里木地区,每户人家都要尽可能地在屋顶上盖一个或两个鸽笼,并喂着一群天使般可爱的鸽子。他们喜欢这种世界上最好看的鸟们在自己的屋顶飞来飞去。喜欢用鸽哨或鸽子的飞翔来装点自己简朴的生活。

要是谁家没有了鸽笼,那他的日子一定不好过。他们会觉得生活失却了重心,心里空落落的,跟家里没有孩子一样难受。再好的日子也过不出滋味。

第四部分 在大树周围

植物定亲

怎样同另一棵树发生点关系

我想得到答案。譬如塔克拉玛干的植物是怎样交配和繁殖的？终年在极其险恶的环境里存活，它们欲望值的满足率究竟有多大？谁能在最需要的时候帮它们一把？在塔克拉玛干沙漠的中心及边缘地带行走的时候，我一直在想这件事。我带着一颗巨大的悲悯之心深情注视着这里的每一株植物。

人一辈子都在不停地说话和走路。奔走呼号，声嘶力竭。疲于奔命的意思就是：命是奔出来的。不奔就没命了。

而树则不同。一句话也不说地长在那里。长在哪是哪里。一长就是一辈子。所以对于长在沙漠里的一棵孤独的雄树来说，想同相隔几百米、几公里或几十公里外另外一棵雌树发生点关系，是一件多么不容易的事呀！

从这个角度想问题,很多事情都好办了——都可以释然。在塔克拉玛干沙漠里,我们经常看到这一树沙枣花满枝头,可秋天却没结上果子,白开了一场花;那梨树在生育力最旺盛的年月里也没挂住梨;另外一树石榴、柽柳或阿月浑子的花开着开着就蔫了。空骚情一回。一些人解释说,这是干旱造成的。也有人说是病虫害作的孽。而更轻松的说法是树累了,今年歇一年,明年再好好结果子。其实他们全错了。只有最有经验的果农和树木自己知道:这是没有及时找上交配对象的结果。

动物和植物必须在花季或发情期里抓紧时间交配。否则就要错过一年的大好光阴了。谁都知道,错过的日子将永远无法挽回。

春天。春情勃发的时刻。塔克拉玛干迟到的春天极其短促而珍贵。在这个集体性的发情季节里,动物和植物们争分夺秒地求偶和交配起来——尽量迅速而高质量地释放出情爱信息,同时有效完成繁殖事宜。

植物的欢爱故事

人是最容易被感染的种群。面对着扑鼻的花香,人们情不自禁地走出房子,来到香味弥漫的林荫之中,尽享植物青春和良辰美景。

人可以如此敏感地感知和吮吸植物的芳香,那么植物会不会也能够细致而准确地享受起人的体香呢!

德国作家聚斯金德写过一本名叫《香水》的书,讲的就是一个男人通过提炼少女的体香而制造出奇特的香水的故事。他的香水稍微遗漏出几滴,就会使整个城市广场上的男女神魂颠倒,丑态百出,使草木也颤动着迅速生长发育起来。

那么,关于植物间的欢爱故事,人类到底知道多少呢！是否有一种神奇的窥望镜让我们来细致精确地了解植物的繁殖境况？

卡罗卢斯·林奈1907年出生于瑞典,被称为植物学界的弗洛伊德。

林奈在他的著名论文《植物定亲》中说,正如春天的太阳使动物的身体从沉睡中恢复生机和活力,它也使植物从冬眠中苏醒。植物和动物一样,确有各种器官(含生殖器官)。幼年时无生育力,中年时生育力最旺盛,老年时逐渐衰退。

仔细研究后林奈发现,单雄蕊纲可算作一夫制,双雄蕊纲为二夫制。罂粟和菩提都是多雄蕊,"一雌蕊与二十余雄蕊同床"。他认为花萼是合欢床(花托),花冠则起遮羞帐的作用："花萼可视作大阴唇(或称包皮),花冠可视作小阴唇。"在林奈先生看来,土地是植物之腹,根是输乳脉络,茎是骨骼,叶是肺。"这就是古人把植物称为倒立动物的原因。"

林奈通过自己大胆而持续的努力,几乎创造出了一种生物学的世界语。人们认识和研究植物时,终于找到了一个把手和依托。

查尔斯·达尔文的祖父伊拉斯默斯·达尔文受到启发,把林奈的研究对象们写成一首英雄双行体史诗《植物园》。其中一段是这样写百合花的："三位羞答答的少女(雌蕊)侍候坚贞的天仙/六个爱上她们的少男(雄蕊)列队守卫。"

把自己长得芳香无比

人可以从一个地方到另一个地方去，可以坐飞机火车汽车轮船毛驴车，甚至用两条腿走着去与自己的情人幽会。而树木花草却不能。只能被动地守在一个地方。一守就是一辈子。他们的幽会及交配是一件何等艰难的事情呀！

于是就拼命长好自己。最大限度地释放自己青春的魅力和花香。以足够多的芬芳吸引蜜蜂、昆虫或小鸟的注意，进而寻找授(受)粉的机会和可能。

从这个角度讲，植物是最懂得与天地万物和谐相处的。把自己长得美丽多端、不同凡响和芳香无比，让天空和大地都变得生动美好起来，同时又借助其他同样鲜活热情而善良的动植物的能力，来丰富和发展壮大自己。这才是一种大境界和大智慧。可以说，每棵树、每根小草都是心怀广大世界的伟人，是善于处理好阳光、雨水、风沙、雷电、飞禽走兽及山川大地等复杂关系的高手，是透彻地弘扬生命歌声的大师。心里装着世界，却又面对并走向世界。在学习着如何与大自然深入和谐相处方面，植物是人类永远的老师和榜样。他们一声不吭地就挫败了人类一浪高过一浪的关于文明与进步的轻狂假想和冲动。

生命的大锁链

人究竟是一种怎样的生物？我常想,既然人类离造物主之完美无限遥远,那么,在人上面是否还有无限数量的高级生物？人是不是只是最低级到最高级之间的一个生命环节？倘若真有这么一条连续不断的锁链,那么人和相邻的一个非人环节之间的差别和距离到底有多大？如果人既有比他低级的生物的肉体特点,又有比他高级的生物的灵的特点,那么人岂不注定要永远承受内在矛盾的折磨吗？还有——大树到底是比人低级还是比人更高级的生物？

早在1734年,诗人亚历山大·蒲柏就写过这样的诗句:

生命的大锁链！自上帝始,
天界、人界、天使、人,
兽、禽、鱼、虫,眼不能见,
镜不能及:从无限到你,
从你到无——我们向高处挤,
低下者便挤我们；
否则天地万物会脱节,
脱一步,伟大的样子便断裂；
自然之锁链不论敲哪一个环节,
不论是第十个或第一万个,锁链一样断裂。

在蒲柏看来，人是"一个聪明的蠢货，一个高贵的俗物。不上不下，伶仃孤苦。说他犹豫疑惑，他知道得太多；说他高风亮节，意志又太脆弱；优柔寡断，进退两难。把自己当神还是当畜？该听从自己的灵魂还是肉身？生了要死，懂了会错！思情本是一片混沌，偏要反反复复自我折腾；生来一半上进，一半堕落；万物之灵，听任万物蹂躏……"

按照蒲柏的说法，人就是这样一个不争气的复杂而麻烦的矛盾体。而且很可能就是生物链里的一个失落的环节。

一枚柽柳的种子

还是以植物为例吧！

人们习惯上总是浅薄地以为，树是又蠢又傻的形象，任人砍伐，却连哭叫一声都不会。完全不知道在树木的眼里，人是个什么东西。但在物种的情爱及交配能力这方面，植物们啥话不说就打垮了人类。

在广大无比而又险象环生的塔克拉玛干地区，喀什的一枚雄性柽柳的种子，可以在一夜之间输送到六七百公里以外的和田的一朵雌性柽柳的子宫里，并且完美地成活生长结果。而人却不能。如果不动地方，一个欲火中烧的人甚至对3米开外的异性也毫无办法，更不可能繁衍生息和丰富伟大的塔克拉玛干。所以说，沙漠地区的每一根花草都是生命力顽强得令人心悦诚服的英雄豪杰。

为克服不能像人那样随意走动的弱点，风情万种的雌性植物们费尽心机，把获取雄性花粉的手段发挥到出神入化的地步。

马兜铃的花长得像个长颈大肚瓶。蕊和蜜汁长在瓶底。瓶颈内壁倒长着大量粗硬的毛刺。馋嘴的昆虫们爬进瓶底吃饱蜜汁往回走时，向下生长的毛刺使其欲返不能。一阵蹦跳，昆虫把从别的花里带来的花粉有效地传授给了这朵马兜铃。雌蕊受孕两三天后，该花的雄蕊也成熟了，瓶颈内壁上的硬毛开始蔫软。小昆虫便携带着雄蕊上的花粉（精子），兴高采烈地到另一朵花里完成其媒人使命去了。

虫眉兰花把花形长成雌蜜蜂的样子，以欺骗和勾引雄蜂携带着大量的雄花粉来与自己交配；银桦花生出2厘米长的管状雄蕊柱头，当蜂鸟前来吸食花蜜时，管子顶端的柱头正好触碰到鸟头顶部。蜂鸟造访另一朵银桦花朵时，就能准确无误地把花粉传给雌蕊。为了及时有效地交配和受孕，一些植物不断调整自己。比方说尽量长在显眼的地方；在白天开放，延长花期，把颜色长成最耀眼的红色或橙黄色；把花冠长成靠合在一起的筒形花冠；把花冠长得结实而牢靠，经得起一定程度的冲撞；把花冠筒的长度及开口形状长得与授粉者的头、喙部的大小形状相当；尽量多地分泌花蜜和芳香；花粉（精子或卵子）的位置固定，不能转动，且多连合在一起，以提高受孕率；子房多长成下位，便于交配……

为了体现自己独特的个性和增强竞争力，仙人掌、龙舌兰及木棉科、紫葳科和豆科的一些植物,便尽量在晚间开花,靠蝙蝠传授花粉。人们习惯上称为"蝙爱植物"。

谁不期望在花季里看准机会抓紧时间交配呢!除了把花开在高处及最显眼的地方外,有的花还会尽量与植物的茎枝叶完全分开。龙舌兰竟然把巨大的圆锥花冠从叶丛中伸高五六米;有的植物甚至把花朵长在长长的枝条上,使其更大限度地伸出体外;还有的花长出极长的花序轴,不但突出在植物体外,还低垂在株冠之下。它们无一例外地把花朵绽放得色彩缤纷,情态万千,同时散射出令人神驰意乱的香气。

大风吹醒了塔克拉玛干

虫媒植物、鸟媒植物、蝙爱植物、水媒植物……而塔克拉玛干的大量植物都是风媒植物。

风?是的。这里有的是风。"大风三六九,小风天天有"。风从这里刮向那里,又从那里刮到这里。呜呜……哭着或笑着。大风刮过我们的苦难岁月和宝贵的青春。大风刮过我们的心头,像一把捋出满把记忆和血泪。大风吹皱了黄沙和时间,但却吹动了永远也不会倒下的植物。大风吹醒了塔克拉玛干的绿色和生命。

对于一位有经验的塔克拉玛干果农来说,如果每年的花季里一连好几天不刮风才是一件可怕的事情。他会困兽一般背着双手在果园里来回走动,恨不得自己站在一个较大的沙包上,用强大的内力吹动树枝,帮助植物传授花粉。

风已成为沙漠的一部分。大风吹进这里的植物和人群的体内,形成一种变化万千的迷人景象。风成为激励人们热情而旺盛地存活下去的巨大精神动力。

在塔克拉玛干南部的若羌县,65岁的维吾尔族作家苏来曼·阿不都热依木给我讲了一长串通过植物预测天气情况的办法：少数胡杨树的叶子突然不停摆动时,一两天内肯定要下雨;南瓜(卡瓦)的茎端向上翘起的时候也该下雨了;柳树叶子突然翻转露白,也要下雨了;柳树根茎长须和古树伤疤淌水,都预示着将要下雨……

怎么全是预测下雨的办法？是的,沙漠居民比谁都更懂得雨水的价值和意义呀！

苏来曼也讲到了许多沙漠植物的婚配规律。我记得最清楚的是他说的一些植物最有趣的准确开花时间:牵牛花凌晨4点钟、野蔷薇凌晨5点钟、丝瓜花晚上7点钟、昙花晚上9点钟左右……

就这样,沙漠居民能够比自己生日更精确地记住植物开花的准确时间。

花开了。风来了。古老的钟声就敲响了！

城里的树

心里装满期待

我住在世界上离海洋最远的城市里。周围是有名的古尔班通古特沙漠、库鲁克沙漠和世界第二大流动沙漠——塔克拉玛干。看不见的大风一年四季刮个不停,动不动就卷起遮天蔽日的沙尘暴往城里跑,像要一口吞掉我的城市似的。事实上,我们身旁的好多城市、好多人和牲口,都这样活生生地被沙漠吞噬了!甚至连吭一声的机会都没有!

在这样的地方居住,一些别的地方的人根本不当回事的东西,却成了我们要命的宝贝。比方说水。比方说湿润得一点灰尘也没有的空气。比方说朴素的花草和燕子的翅膀划过天空的声音……

有一年6月的一个早晨,推开窗户,我被一场夜里偷偷降落的漫无边际的大雪看呆了。一上午工夫,我激动得不知道干啥才好!

像突然碰到了一场天大的爱情一样，心里装满了甜蜜的喜悦和期待。我双手抱住脑袋,在屋子里来回走！那一刻,不知道这个世界上还有谁能够理解并分享我的这种说不出口的欢乐？

其实我真正想说的是树！

一场春天的大雨或风沙刮过之后，树、城和大地没被沙尘埋住。相反却嫩绿起来。一连好几天，每个新疆人心头都洋溢着一种满满当当的难以言喻的喜悦。仿佛重新碰到了鲜活的生命。仿佛春天一鞭子抽醒了一颗锈了整整一个冬天的心！

城 和 树

对一个诚实的城里人来说，能够在城里看到足够多的绿色是一件幸福而奢侈的事情。反过来说,树木能在城里坚持住自己,同样是一件艰难而幸福的事情。因为这需要异乎寻常的忍耐精神。需要宽广的大树胸怀及仁慈。

城市是什么？是堆积大量商品和问号的地方。是第三世界国家每个乡下人的一个不容易破灭的梦想。城市是埋种大大小小的楼群的地方。为了躲避孤独,数不清的男男女女拼命往一起挤，就形成了城。环城公路替代了古城墙。沥青路面盖住黑土地。地面不够用, 人们就往空中跑。一个个躲藏到钢筋水泥构筑的火柴盒一样的家里。为了逃避孤独却陷入了更大的孤独！为了寻找健康却丢失了健康。

树是什么？树是大地的魂魄。是生生不息的清洁愿望。是牢靠而本分的生命颜色。树是值得每一个城里人终生信赖的亲人、恩师和朋友呀！它们站着，以站的方式教授并告诫我们一些朴素的品质和道理，提醒我们要始终保持一颗高洁向上的心灵。

本来这个地方没有城。只有树木和花草。城的根部曾经长满了好看得令人心痛的绿色。后来来了一群人。又来一群人。树不会躲避和逃跑。几斧头就叫人给砍掉了。树咋样也挡不住斧头或锯子。挡不住人类贪得无厌的欲望和私心。就只好站直身子等人恣意砍伐。像英勇就义的勇士一样成批成群地等着。眼睛也不眨一下地等着。被砍死了，甚至吭都不愿吭一声。

这里本来是树的故乡啊！祖祖辈辈住在这里。在西部强烈的阳光下欢笑。再大的乌云风沙或霹雳对它们也一点办法都没有。

可现在不行了。树砍了、花落了、草埋了，这里变成了城。成了混凝土、钢筋、柏油马路、地砖以及广告牌的天下。人的脚掌再也接触不到地气了。携带着噪音和汽油味的钢铁动物(汽车)取代了小甲虫或小兔子，在楼群之间跑来跑去。

树开始在我们的城里流浪。东一棵西一棵地长。咋长也长不好。咋长也长不过一幢幢高楼大厦。

这时候，成了散兵游勇。这条街边长几棵，那个墙角长几棵。孤单寂寥，无依无靠。尽量彼此呼唤和照看。

哪棵树能混得像模像样

在我的印象中，几乎没有几个在城里混得像样的树。好不容易出现几个混过一些年岁的，往往一眼就被人看到了。人们就心急火燎地给它编号挂牌，像授勋章似地给它们特殊的荣誉和赞美。希望它们顽强的生命力、高尚的生命样式、健康的生命办法给那些脆弱的人群以启示。希望高高树立起一个光辉的树木的典型——一个使人敬爱和敬仰的美好形象——配得上伟大、高贵、智慧、尊严及清洁等迷人字眼的象征物。

可是，更多的树都在城里活得不咋样。不是长得不是地方，就是没长好样子。不同的人都要按照各自的意志修修剪剪。好端端的树木被折磨得歪七扭八。像发财树这样的本可以长得苗条高大的植物，硬是被一种扭曲的心理给折腾得完全变了形。

城里有的是自私自利的人。有个开饭馆的小老板，总觉得门口那根老榆树挡住了饭馆的招牌和门面，就买了一桶硫酸，隔三差五地往树根上浇，直到把树整死。之后竟厚颜无耻地向城建部门报告：××街死了一棵树。被谋杀的树一肚子委屈愣是说不出口！

水磨沟公园里明明长着这个城市里最茂盛的树，不想被一个有钱人盯上了。硬是通过各种手腕砍掉山头的所有大树，盖了个能挣大钱的饭庄。

谁都需要树。可城里人对树的要求是尖刻而有限度的。当他们觉得哪棵树长得不顺眼或高过自己时，会毫不犹豫地把它废了。

譬如想修一条公路、铁路,甚至马路的时候,就没有树的活路了。充其量会把大路修好以后,象征性地在路旁移栽几棵半死不活的树。当一条电线、电话线或光缆线从大树下通过时,城里人挥刀砍伐的只能是树、树枝或枝尖。这似乎是没啥可说的铁定规律——无论树有多大岁数和多么威严!当一棵树无意间把枝丫长过林带伸向马路的时候,这根枝丫肯定也活不成了。它们会在几天之内被剁掉。还有:当一棵树心里一高兴,猛长几天,高过好几层楼房的时候,城里人也受不了。他们无法忍受一棵树也这样肆无忌惮地高大。那些低层的居民会联名到居委会告状,说这棵树挡住了自己的光线和太阳,要求将其砍掉!——这些自私自利又小里小气、脆弱无力得要命的小市民呀!

树的恩情高过了树本身

树给我们带来氧气,使我们四周污浊不堪的空气得以鲜活和改善;树给我们带来绿色,我们紧张又疲劳的视神经得到了放松。我们就有更多的视觉空间,就能充分地看见那些美好的生活和事物;树给我们遮风挡雨,把酷烈的阳光一肩承担,把滚滚黄沙拦在城外。树木花草让姑娘们的内心纯情丰富而深情起来。让情人们真挚而安静地幽会。树把人类的烦恼和恐惧挡住。树叫我们始终心存一种永远也说不出来的感激及敬爱。

树是以一种朴素得令人不易觉察的方式出现在日常生活中。

树是我们的亲人和老师。树的恩情高过了树的本身。

谁比谁更应当参天而长

去年,出于某种写作角度的需要,我写了这样一段关于城里的树的文字——

单位要盖家属楼了。地点选在靠近交通饭店那一侧。而这个地方却长满了白杨树和榆树。

树永远也挡不住锯子。人要住房子,自然就没有树的活路了,不到一天工夫,那片长了几十年的大树全趴在了地上。

后来,大片楼群取代了大片树林。

但令人惊奇的是,两棵其貌不扬的树却活下来了,而且一直活到今天。

每次回家的时候,我首先得抬头看看这两棵树——它们长在路口,你不能不看。闲得没事的时候,我总要走到树跟前,摸摸它俩,或者搂住它们当中的一位,用手量量它们长粗了没有。

能够活到今天,对这两棵树来说,实在是一件不容易的事情。甚至可以说是个奇迹。

之所以活着,关键是他们长对了地方。它俩极偶然地长在一个该长的地方。

它们长在由道路围成的一个三角地带中,而且离附近的几幢楼房都有七八米的距离,所以就活成了。

我常想,假如建筑设计师不小心把楼房的图纸画大了、勘界者把楼房的地址选歪了,或者说哪位拉运建筑材料的司机师傅哪天不耐烦了,把车开偏了点儿,那么它俩就都活不成了。

可碰巧这些时常发生的事都没有发生。他俩就活了下来。

这是两棵曾经十分不起眼的树。

杨树又矮又粗,皮开肉绽,细枝乱长,完全没有大量新疆青杨或钻天杨树的那种挺拔俊秀、伟岸无比的样子。那棵榆树也长得歪歪扭扭,漫不经心。没长多高就分出几个杈,一副吊儿郎当的样子。

换句话说,我以前就认识它们,在旁边庞大而雄伟的树木面前,这两棵树充其量也只是树木家族里的小瘪三或二杆子货色。真正的大树看都不愿多看它们一眼。若同时被砍伐,房子底下长出的那些参天大树早成大梁了,而这两棵树最多能顶个羊圈。但说这些有啥用处?再伟大的树,说砍就被砍了!而这些歪脖子斜脑袋的树却有滋有味地活着——这世道就这样!没办法。

有时候心情不好。路过这两棵小树跟前时更来气!就忍不住骂树:"瞧你们那副德性!不死不活的样子。一对大草包。"

过度的鄙夷及愤怒一定使我骂出了声。走在身旁的亲人极其困惑地望着我。许久才说:"你有毛病?"

我就再也不吭声了。

骂也好,诅咒或鄙视也好,这一切都无法改变那两棵树活下去的现实环境和欲望。

如今,它俩每天仍树模树样地活着。好像整个院子都是它们的。好像它们不活的时候,整个家属院的人也活不成了似的。

　　最主要的是院子里的人们仍然像大树一样供养这两棵树。并在其周围的三角地带里修了个小公园。种上草坪,垒起水泥棋桌,在树四周围垒起了砖头。夏天还要尽量凑到树下乘凉。

　　这一切都促使这两棵树真的以为自己就是参天大树了!

　　我常想,我们院子里的人真好糊弄呀!

活一棵是一棵

　　我是想通过拟人的手法写树的。写《那些偶然的事物》这个题目。写树与树之间的不公平引发的不同命运。我是以一种极端厌恶的语调写那两棵不起眼、却幸运地活下来了的小树的。

　　现在看来,我的思维视角本身是多么的卑琐和小气呀!我在用中国人窝里斗的办法处理树类的日常事务。生硬而专横地把人的习惯性思维强加到了树身上。

　　对树——每棵树来说,能活下来就很不错了。活一棵是一棵。能活多久算多久!再微小的不起眼的树,能坚持住性命就极其不容易了!活着本身就是一种胜利呀!

　　后来从这两棵树跟前路过时,我再也不鄙视它们了,相反地却心存怜爱。它们就是大树家族中被人类诛灭了九族的孤儿呀!它们的存在一面向城里人提出无声的控诉,一面继续提供绿荫和氧气。

　　——看来,看待问题的角度稍不注意就会发生天大的变化呀!

当然,绝大多数善良的城里人同我一样感激和热爱树。把树看成生活内容,看成生命的一部分。有时候甚至把树看得高于自己的生命。因为没有树的地方,肯定也没有水、没有人和其他动物的生命!

古人多么心痛树木

沙漠地区居民的先民们其实一直都十分爱树——爱种树和保护树。尼雅古城出土的佉卢文木简中就有这样的记载:"一个人砍倒别人的树,属非法。"

尼雅人明确规定:"树活着,应阻止任何人将其连根砍断。否则罚赔马一匹。若砍断树枝,则应罚赔牛一头。"

我们的古人是多么心痛树木呀!如果照这种古老的森林法实施下来,不知道多少林木都保住了。

最早在街头嫩绿起来的一棵榆树,抢着盛开的一树桃花或榆叶梅,以及一棵高高托举着满树绿叶并高过屋檐的白杨……总令人怦然心动。我甚至想,如果没有这种怦然心动的时刻和关于树木花草的感悟能力的话,那么我们的生活将多么贫乏!活着的情趣和意义也将大量丧失!

人只是其他生物的同路者

爱是什么?树要求每一个城里人不得不重新来考虑这个古老

而新颖的命题。让我们把爱当成一个崭新的事物。让我们重新开始学习爱或被爱。学习与鲜花、树木、小鸟和大地和谐相处的方法。

美国野生生物管理之父奥尔多·利奥波德说:"自从达尔文的物种起源的启示提出一个多世纪以来,我们终于知道了先前各代人所不知道的东西——人们仅仅是在进化长途旅行中的其他生物的同路者。"

新发明给我们带来的各种物质舒适远比大树给我们带来的要多。但却无法像树一样给春天增添光彩。树永远都是我们身旁的一位谦卑、仁慈而睿智的恩师!

其实,早在19世纪中叶,伟大的俄国作家托尔斯泰就说过这样一段话:"原始的森林既已被砍光,那就再也不能复原;居民既已被舒适安逸所腐蚀,那就再也无法使他们回到原始淳朴和知足状态。"我觉得托尔斯泰说的居民就住在今天。住在我的周围。

托尔斯泰提醒我们:只要一个人能冷静地看待人类生活的各个方面,他就会发现,人类生活的一个方面的进步往往是以另一方面的退步为代价的。

我们被明白无误地告知,那种类似于大跃进及大面积毁林开荒建城的所谓文明行为是十分可疑的。这种进步的高速度中隐藏着许多叫人恐惧的东西。技术之光在照亮了一些兴奋的脸面的同时,也暴露出了某种狰狞可怕前景。我们必须更为理性地看待我们的生存选择及城市结构。高楼大厦只是一种速度的证明。它无法代表胜利或成功,更不是人类的唯一去处和最佳去处!

树在我们的城里或天山的北坡活着。它们热爱脚下少得可怜的那些泥土,内心充满着对雨水、阳光和天空的无尽渴望。它不肯轻易变换姿势,也不愿意随便挪动地方。它们在一个选好的位置上,一活就是一辈子。谁也别指望随便撵跑它们!

奥尔多是这样叙说他的简朴而深情的生活样式的:

午饭吃完了,我向一排小落叶松表示敬意。它们金色的枝丫直插入空中。在每棵树下,昨天落下的针叶正在织就一幅烟样的金色的地毯;在每棵树顶,正经孕育着明天的萌芽——静静地等待着另一个春天。

树往高处长

大地上的痣

　　谁也没想到他们会长在那样的地方。可他们硬是长在那个地方——海拔1700多米的山顶。四周是寸草不生的岩石、沙丘和戈壁。从高空看,他们像长在铁灰色的大地上的一颗孤独的痣。

　　这是位于温宿县城西北部约60多公里的地方。我们的汽车费了九牛二虎之力才爬上那个满地石子的山坡。有一阵子汽车跑不动了,我们就下车推着它。能跑动的时候,我们走在后边看它跑。我边走边擦汗边想:那么高的山上,他们是咋长上去的?

　　在这个山头以北,就是比这里更高的高山——天山了。新疆人都知道,面朝南的天山从来就长不出一根草。全被太阳给晒死了。只有朝北的山坡及避阳处,才会抓紧机会猛长一些花草树木。天山所有的松树及蘑菇都是从北坡长出来的。

可是，在天山南部的这个朝南的高山上，却明白无误地生长着这些树。

生机勃勃地活着

他们像一家人一样亲密地生长在一起。根连着根。手挽着手。叶相触在云里。每颗心在剧烈跳动的同时，又激励着另一颗心。每棵树都生机勃勃地活着。但却又似乎在为别人而活。或者说为了使别的树活得更好而活。就像人类里的雷锋和特蕾莎修女那样。有的也像那些健康国度及家庭中的长者，仁慈而辛劳地君临天下。每一片叶子都挥舞出一片人性而智慧的光芒。每长一截都促使其家庭成员长高长粗及轻松愉悦一些。每呼吸一次都是众树们由衷的歌唱。

走在远处的时候，我老担心因这些树们过于茂密而无法进入。但走到跟前一看，大树们错落有致，早已给我让出了许多条道路。我可以轻而易举地深入其内，成为诸多访问者中的一个。我不费吹灰之力就讨得了树们的欢心。

但我是警觉和敏感的。我感到还有许多树同样是警觉的。哗啦一下，一根小树枝离开了另一根树枝。他们肯定是一对正在摔跤的伙伴，当他们意识到了别人的侵入后，迅即松开对方，谨慎地盯着我，一时不知道怎么办才好。想驱赶我这个闯入者，但又不知道这样是否得罪了我。于是就定定地挂在树上，一动不动地望着我。我真担心自己稍有不慎,他们就会坚硬地抡过来,棒打我一顿。

他们肯定是谨慎的。看着那么多人朝自己走来,嘴里吱哩哇啦地说一些哪根树都听不懂的话,动不动就掏出腰间别的那个有利刃的铁器,当然还会拿出一根长满牙齿的铁条(尽管所有这些利器都是用树木同胞的骨肉做把手的)。不出半小时,这些矮小的软体动物就会用这些铁器,使一棵活了几千年的大树当场倒地而死……不怕行么!这些会走的家伙也听不懂我们树的话。当然也听不到我疼痛的哭喊了!这就是真正的悲哀之所在!

树一定睁大眼睛在监视我。他们希望寻找到一个更好的相处办法。希望陌生的我是一个同他们一样善良和高尚的人。

神奇得令人心悦诚服

这是一个神奇得令人心悦诚服的地方。那么多的树已在这里长了几千年了,而且仍活得旺盛无比!你不得不佩服这里的奇异和美丽。要不是刚从外面进来,你会以为自己走错了地方,以为走进大森林里去了!当地人深知这种神奇之神。称这里神木园。也有人称其为大地明珠。

胡杨树、柳树、核桃树、沙枣树、柽柳、沙棘……树木共同生活在这片约600亩的地方。他们品类不同,性情各异,高低粗细皆有千秋。但却依照一种树木的秩序和规律相依相存,和睦友好地呼吸及生长。情同手足,亲如一家。那种携手搀扶的样子令人敬佩。

有一棵四五百岁的大树,长着长着,又从旁边长出一棵小树来。母子一样依偎着活。谁也不能离开谁。

大多数树死了也很威风。他们不是倒地才死。相反,很多树倒地后继续活。从别的地方生出根,头颅朝上,继续扎根生长。而那么多的树死了也站着。像无疾而终的老人。那样安详自在和自足。直到缓慢地朽烂,或者被人砍去烧火或堵羊圈。

即便倒了,树仍是顽强而坚韧的。我亲眼到这里的一棵千年古树,倒地后 30 多年却心色不改。皮肤已完全脱落,露出通体白骨。但木质坚硬如初。5 根巧妙连接的枝丫像毕加索的一幅著名的画——《亚威农的少女》中的 5 位少女,挺直或弯曲着伸向空中,伸向巨大的时间和鸟鸣。

一眼清泉陪伴他们。这是他们生命的来源。是乳汁和圣水。他们依靠她。依靠一种永恒的必需品。像一个人关于母亲的永久敬仰和依恋。

很多年以前,只有鸟才能找到他们的家。后来一位传教士在 11 世纪时埋葬在这里。再后来一些牧民放羊时出入于此。随后就来了许多我这样的观光客。看一眼就走人。而这里正好是个过目难忘的地方。

大风吹不倒他们

这些形态迥异的神树们意志坚定地长着。大风吹不倒他们,沙漠埋不了他们,太阳也晒不死他们。他们安静而坚定地住在这里,从不移动半步。用自己的语言说话,按照自己的长势长。每个树都那样真挚、诚恳、善良和完美。像我们人类中的那些品质高尚、才华出众的人。心怀不灭的信念,把头伸向天空。

我发现我认识了一个全新的家庭,他们每个人都强大而高贵。最主要的是正直和坚忍不拔。他们尽可能多地吸收大地的气息和阳光,而把所有的好空气和好运气捧送给其他长不住根的人。

站在他们跟前,我内心充实坚定极了。我像一个鼓荡得庞大而饱满的帆。我学会了往远处看。比方说看云看山看人和看羊群。我知道了什么叫坚定和沉默。同时懂得了怎样才能把一个孤独的家守护得幸福而美好!

不远处,天山最高的托木尔峰一动不动地看着我。我感到了一种说不出的喜悦和英勇。生活的勇气及信心在我的内部扎住根,并大海一般铺展开来。

树的道路

这时候,有这样一些人来到这里。来到一种坚定的位置上。来到向上的传说中。

来了,就开始爬山。沿着往上的路走。按照一年一次的期待走。由开始走向开始。

这么多的树生长在这里。松树——完全的松树。充满着苍翠的绿。大大小小地长满了山谷和山冈。长在花草稀少的地方。也长在山的背面。

在这里,背和北是同一种涵义。还有阴面、暗面和潮面。就是那种可以长出足够多的树木和鸟虫的地方。就是那种拥有大量植物的地方。当然还是诞生雪豹、雪鸡和雪狐的地方。也就是——今天我们来到的地方。

就这样来了,与树为伍,和树结在一起。仿佛同某种信仰站在一起。

在这里,树的方向是唯一的方向。

把头颅刺进空中。把所有的想象愿望激情和心情伸向天空。把爱伸向天空。以及把所有的手臂和思想一齐伸向空中。

这时候我们发现,所有的树都是以站着的姿势生长的。站着,像一座座塔。每棵树都是一个塔。塔、塔松、针叶松,头尖锐地向上。根扎稳山岩及泥土,仿佛一种牢固地把握住山脉的信念,仿佛一种完全拥有了持久生命的决然张望。

这时我们看清了树的道路。

他们每个人都是往上长的。每个人守住一颗心,守住来自泥土的清洁的精神,守住源自阳光的背面的每一滴露珠,以及强大而焦灼的苦难。

这些树呀!他们足够顽强了。以个体的方式,过着一种群居的生活。每棵树都固守一盏内心的明灯。

密林深处,我看见了大片破损的露珠。

我像一个闯入者,无缘无故地进入鸟的家园,惊飞了一对正在寻欢作乐的黄鹂,以及惊扰了一群正在猜谜语的小松鼠。我把那堆巨大的蚁穴给踢翻了,还踩死了许多好不容易才长出来的金黄色野花。采走了一塑料袋蘑菇——我把深山中最隐秘而最简单的部分给采撷了。我就是那个用自己的青春换取了森林的青春的人。

后来,我又看见了另一条树的道路。

这条路向下延伸,并且深入山的皱纹之中。光滑而窄小,像天山的仁中。

这条路一直向谷底伸去。

这是伐木者用树的身体开辟出来的树的道路,也是树的归宿,是树的唯一的出路。

这种时候,树的归宿是向下的,树最终的道路向下伸长,抵达山的低处。

山的低处肯定有水,有不竭的活力和命运。

这即是说,在这里,我们同时看见了树的道路。一条向上,一条向下。树正在逐步印证和完善自己的信仰。

一棵树

这棵树一直长着

无论白天或夜晚,我的这棵树一直生长着。像一个不停长大的思想。今天,这棵树已经高过了我的冬天和生活。成为我呼吸的方向。

在我出生以前,这棵树就存在了。长在某个不易看见的地方,专等我的到来。我来了,他依然长着。顽强而茂盛。他将在我的思想里向大地深入持久地长下去。

大约3岁的时候,我乘人不备爬上了一棵比我粗大百倍的柿子树。怎样爬上去的,我已经没有任何印象了。后来,我无缘无故地就从树上掉了下来。我美丽的母亲听到别人的惊叫飞奔到树下,一把抓起我并紧紧地抱在怀中。嘴里念念有词,以及发出悠长的声音给我叫魂。有一上午时间,我不说话也不动弹。人们都以为我没救了。可母亲却不放弃,依然喊我的名字和叫魂。中午时分我终于睁开了不愿舍弃世界和大树的眼睛。

10岁左右时,我和我的双胞胎弟弟手拉手在广大的田野中奔跑。我们要寻找到田埂上最大的两棵红椿树往上爬,看谁爬得又快又高。

我当然比我弟弟动作麻利,很快就爬到了最高处。岂料红椿树树经不起我的体重而开始大幅度弯曲,我有些惊慌失措。一松手从高空跌落下来,头顶摔出了一寸多长的血口子。被弟弟拖回家后,昏迷了一整天才醒过来。

我醒来后得到的第一句话不是安慰,而是父亲怒气冲冲地喝斥:"看你以后还愣不愣(陕南话中闹或调皮捣蛋的意思)!"

当时心里十分矛盾。我多么希望我敬爱的父亲就是一棵深情而雄壮的大树呀!可他却总是被生活的重担压弯了腰,总以粗暴而简单的言语打发他每天不得不面对的日子。每当听到父亲的脚步声进村的时候,我和弟弟都抢着往母亲的身旁或怀里或床底下钻,我们渴望能够拥有一棵安全而博大的树。我那时甚至固执地认为,父亲就是天底下最大的暴君。

多年以后,我的父亲也爬上一棵树。那是一棵枝繁叶茂的核桃树。他挥刀砍剁枯死的树枝时,不慎从树上掉了下来。我尊敬的父亲摔断了一只胳膊。

这时候我才意识到,父亲也一直在寻找自己的那棵树呀!他需要这棵树。这棵树也需要他。我渐渐地理解并原谅了父亲早年的愤怒和暴躁。都是生活的苦难逼迫的结果。为了让我们的家庭这片小树林丰茂壮大起来,辛劳的父亲起早贪黑,费尽了心机和汗水。父亲就是我命定的却被长期忽略了的一棵参天大树呀！

一年前，和我一同长期寻找和攀爬大树的双胞胎弟弟不幸离开了这个世界。现在只剩下我一个人孤零零地倒挂在时间的风中。我只好擦一把眼泪继续上路。我还要去找我的树，我相信我的树依旧长在疼痛而饱满的阳光里。

其实，每个人心里都有这样或那样一棵大树。他代表着某种思想、某个人、某件事、某种象征甚至某句话，成为牢不可破的精神大树，不可动摇地生长在一生的某个阶段及所有时光里。经受岁月的涤荡淘洗，被目光千百次地抚摸和照耀，同时提供源源不断的信心和可能，使每一个拥有这棵大树的人活得更旺。

更多的时候，我们探出自己心灵的触角，从周围的世界中搜寻那棵属于自己的大树。实在找不到的时候，就索性把自己栽成一棵树。墨西哥诗人帕斯说："你的目光是播种机 / 种下一棵树。"他认为爱情就是一棵树。"爱意或许是学习 / 在世界上行走 / 学会宁静安详 / 像童话中的椴树与圣栎树一样。"

谐音的树和书

树是大地上最清朗的物质。健康、旺盛、向上、沉静、清洁、伟大、智慧……几乎所有美好的汉语词汇都可以恰如其分地用在树的身上。从这个意义上说，树比人更了不起。因为从来也没听说过有人用阴险、狠毒、作恶多端或心怀鬼胎等词语来评价一棵树。这么说吧:无论从精神的意义及现实的角度来看,树都通过一条光明的道路抵达了在人类物质世界里应该到达的境界。

也可以说,树是人类最高级的一个金光闪烁的词语。他的存在为我们提供了一种正当而有益的物质和精神的双重范例。

就个人体验来说,我是从树上掉下来走向书,又从书中返回走向树的。树和书的谐音注定了我和它们的渊源。我似乎一伸手同时抓住了它们,并迅速融进其中,成为它们的一部分。我坚信文明的纸张就是这样翻动的:由一种物质走向另一种物质。而行走的过程中就已完成了某种必然的历史演进和条件转化。

我们人生的树

老子诞生于树下并写出了 5000 字的《道德经》;树木散射出宝贵的绿色和氧气,确保大量动物呼吸和繁衍;人偷吃了树上的禁果后终于懂得了羞耻,进而产生了七情六欲;钻木取火后产生了光明和温暖,树木无声地写出了无字天书——经济史;人走(掉)下树枝,直起身子,磨掉了尾巴,并用木头在桦树皮、木简、雕版、纸张和显示器上写下了进化论;在我小时候最喜欢的黄梅戏电影《天仙配》中,大树甚至给七仙女和牛郎当红娘:"槐荫开口把话提";美国电影《狮子王》里,树王永远都是小朋友们心目中智慧、神性和至高无上的仁慈者的化身……哪种伟大能高过树木的伟大呢!他是人类始终的朋友。是人类社会发展的亲历者和见证人。是我们最尊敬的恩人和亲人。

有人这样赞美树："我们的人生的树,我们的知识的树,是一棵神异的树。这样的迷人,竟使人不知道怎样来描写它。这是木材所造,它从石上生长;它是那给我们以笔的禽鸟的巢;它荫蔽那给我们以柔皮的动物。而且在它下面,一切生物的伴侣——人类,读着书,思想着。"难怪美国的奥尔多·利奥波德说:"我喜欢所有的树。"

一棵隐秘的大树

我更愿意喜欢和热爱一棵树。那是一棵秘密的树呀!持久而强大地长在我的生命里。像永不凋落的太阳。时隐时现,时远时近。它是我的恩师和阳光。在那些最阴暗的日子,它开导、抚慰和激励我,并指明我行进的位置和去路。通过一条不易觉察的光阴的道路照亮我的内心。在我浮躁难耐、忘乎所以的时刻,它安静地长在我的身旁,以多汁的绿叶平抚我澎湃的血液。我的树总在一个适当的时间和位置上出现。我的树和我一同生长并老去。

我的一棵树超过了所有的树。我的树就是所有的树呀!我的树一句话也不说。它用不说话的方式说过了所有的话。我的树不光长好自己,还不住地产生绿荫、氧气、果实、木料、纸张和炭火,尽力让别人长得比自己还好。我的树从不因为自己的无条件给予而生气,所以总是活得比所有的人都高大强壮和长寿。我的树一伸手就拥抱天地风云和阳光。任凭苦难及伤痛溪水一般从身旁哗哗流去。它用年轮记住一次次的洪水季节干旱期和雷电的打击。把泪水流进心里,一声不响地处理好天地万物间的复杂关系。让清明者更清明,让绿色更绿。让站在树旁的人类早一天学会宽容、沉思和坚韧。树希望人们能够真的智慧和聪明起来。希望手持屠刀或锯子的人放下利器,立地成仁,并变得像树一样仁慈和善良。

今天,在我活过了很长的岁月之后,我已经分辨不清我的这棵大树的颜色和树种了。它只是一棵树。是和我的整个命运息息相关的树。随着季节的变换,这树也跟着调整和幻化,甚至随着我的四方游走而移动。但重要的是这棵树平静地茂盛着。扎根大地,昂首长空。以健康向上的高贵气质成为我心目中牢固而完美的形象。

找到了这棵树

在塔里木盆地东部罗布人聚居的一片沙漠地带里,我终于找到了一棵我梦寐以求的树。我相信它就是我的树。

我是带着终于找到了失散多年的弟弟一样的心情找到这棵树的。就好比——我亲爱的手足兄弟又复活了,我们又见面了,我又可以和他一起手拉手爬树及高声划拳喝酒了……我激动得有些手足无措,抱住这棵树久久不肯离去。

这棵树长在山坡下的沙包上。它一点也不高大粗壮,相反却极为矮小苍老,跟一个未老先衰的人差不多。具体说,这是一棵胡杨树,腰身大约有二尺粗。离地不到一人高就开始弯曲。由于大风长年从一个方向吹,它只好朝同一个方向弯曲,弯成50度的角度。但依然活着。努力把头颅向上昂起。风沙太大了,树枝几乎长不出来。一两尺长绒细的树梢也算枝丫吗?算。整个树就是靠这些可怜的枝叶呼吸的。树高三四米,黑而厚的皮肤皴裂出一条条颀长的大口子。仿佛一直向世界诉说着永远也说不出的悲痛和苦难。我仔细看了看。胡杨树驼背的方向正是我要去的方向。我们肯定要这样背靠背走下去了。不知道我看不见它的时候,它会不会背过身子转头来看我。看我的方向,看我蹒跚的脚步,也看我微小的前程!

当地人说,这棵卑微的胡杨树最少也有百年的树龄了。我一时不知道说啥才好。我坚定地相信他就是我的那棵树。是我的兄弟——费了很大力气也没转生成人的弟弟以及亡故后转生成树的弟弟。这就是我的那棵秘密存在着的大树啊!有人也许一辈子都没机会看见自己的那棵星座一样神秘而神奇的树,而我却有幸一下子就给碰到了。突然面对神圣事物的这种巨大的惊喜弄得我一时不知道怎么办才好!

我已离开我那棵胡杨树已好几个月了。我相信这一生我都不会再见到它了。我知道它依旧艰难而稳固地长在那个地方,一动不动地生长着——这就够了。我仍然可以把心里最纯净的那块地方让给他,让他放心大胆地长着,并且一直长下去。我还会默默地同它说话,学习它永远也学不完的宝贵品质和生存习惯。让大树的精神气息一直清洁而深情地飘荡在我的周围。

我多想告诉你们:我热爱我心中的这棵古朴苍老而热情的大树!

一棵沙枣树

每次经过路口的时候,我们都能看见那棵沙枣树。仿佛是专为我们长的。为了让我们看。也专门看我们。这棵长在风中的沙枣树不声不响地就把我们长得又老又旧。

路过这棵树,其实就是在围着这棵树走。我们都是走散的孩子。是永远也找不到家园却永远在找的人。我们无法收留住漂泊的身子和灵魂。而树是这世界上唯一不随便走动的生命。长在哪里就是哪里。一长就是一辈子。比我们拥有更多的坚定、沉静、勇敢和庄重。所以我们就一遍又一遍地围着这棵树走。希望树能帮助我们走稳和走直。希望自己不至于离生活的目标过于远淡。最主要的是不要在纷繁庞杂的尘世里把自己无缘无故地给走丢了!

又到了年关。我一如既往地收到了你的来信。多年来,你就是一位信使和一封气象万千的信件。而我就是靠这封年关的来信拴住自己的。一年的绝大多数日子里,我盼望着有信的年关。我知道你会把旧年里快乐或不快乐的往事说给我听,也会把新的渴望及憧憬亮给我看。我知道你还捏有满把的生活热情和愿望。知道你还会在下一个年关或下下一个年关继续给我写信。

瞧——这多么令人欣慰呀!这无疑告诉了我,我们还有很多有信的年关。使我看到了另一个活下去的重要理由。我们还可以并且一定能够继续往未来活。我们是时间之海里的泅渡者。在苦苦挣扎的时候,一下子看见了摆放在2002年或2003年年关的信。像看见了一盏盏希望的灯。顿时全身血液涌荡,充满力量。一种奇怪的生存意志逼迫自己奋力向前游去。

这时候我才知道,年关其实就是一棵大树呀——时间之树。风吹不倒,雷打不动。长在岁末年初,在时光的转弯处。

真切而平实地等待你我和等信。像等待一场并不阴冷的暴风雨。当然也像等待一年一次的微笑。

信就是笑。是古典、优雅而美好的问候。是一缕清澈明媚的阳光。是关于大地和传说的温柔回顾。信是一次秘密的追问,以及看不见的吻。信是婴儿的头一声啼哭。也是告别人世时的最后一个眼神。信在时间的血管里旅行,满身温暖和纯净,自始至终等待奇迹和诞生。信是一句一直不曾说出的诺言。是灵魂对另一个灵魂的再度赦免。信是来于时间却又高于时间的心跳。

萧伯纳同当时英国的著名天才女演员爱兰·黛丽一共通了30多年的信。相距20分钟的路程,但谁也不去见谁。他们相信:纸上求爱是最有趣最能持久的求爱方式。萧伯纳说:"人类只有在纸上,才会创造光荣、美丽、真理、知识、美德和永恒的爱。"

此刻,我们背靠时间这棵大树,打发书信去叩访他(她)。去触摸并感知岁月的冷暖。顺便打探我们的出路及去向。

我们守住这封信就等于守住了年关之树和年关。守住年关就守住了将来。守住了一点点打开和老去的青春。同时守住了不老的信心和爱!我们就替人类守住了不可磨灭的理想和期待呀!

我们再也不希望肉体和灵魂游离得过远。也不希望孤独的心总是找不到回家的路。

守住年关,其实就是让年陷入我的内部,成为我的一部分。我相信年这种奇怪的动物能够和我站在一起,随我的脉跳而跳动。能够共同承担我的悲惨命运。爬过一个年关又一个年关。爬过时间的山水和大地。

一个人想过年的时候,他一定离年很远了。他肯定希望跳上时间的肩头眺望。希望看见被岁月漂白后的树叶的颜色,以及回忆的种种好处和人群的暖意。他希望拨亮希望的灯光。希望在残剩的寒夜里用心愿焐热自己。

可以看出,你的情绪很不好。灰色的忧伤充满了信笺。你无助又无奈地活在大片寒冷的日子里,像干贴在枝头的一枚冷而坚硬的冻果。孤独地抱守自己。没有人能够体会并化解你铺天盖地的没法说出的悲哀和疼痛。一遍遍读信的时候,我都能感到一丝冷气袭来,吹得我的心叶在空中飘摆不定。之所以这么久没有回信给你,是怕我把自己发自骨头深处的寒冷又回传给了你。我们都是伤痕俊美的少年驭着她远走天涯海角，她也会义无反顾地跟着他去。想也不用想，眼睛也不会眨一下。甘心情愿被他牵走目光和全部呼吸，让所有脉搏随着他的手势和姿势而跳动。

奇怪。自己这是怎么了？长了十几岁，还从来没有发生过如此奇妙而不可理喻的事情！这种奇怪的激情是什么？这种渴慕和不可阻挡的力量到底对不对？会有严重又可怕的结果吗？罕祖热姆被这些少有的怪念头和恐惧缠住了。她不知道发生在自己身上突如其来的事情叫做爱，也不知道如何是好！她平生第一次被一种神奇的力量一把掳掠，感到自己身不由己地朝一个温暖的深渊持续靠近和沦落。她不能有效阻拦和搭救自己。谁也无法阻拦的搭救自己。一种强大的旋风挟裹着阳光和雨露，挟裹着她全部的幸福和疼痛，朝一个她几乎从来也没有仔细看过的少年疯狂刮去。她感到内心的某个隐秘部位突然觉醒了。身体的各个器官和灵魂的触角也一齐苏醒。现在，她最担心的就是这个英俊少年闪身躲开。那样的话，一切都是十分危险的。一旦欲望落空，她所有的灵魂和身体都会落空与失控。那样就完了！她不由得打个冷战，感到恐惧和绝望。她害怕自己的全部感情投寄到空中，到虚无之中，以至于彻底失重。害怕英俊少年只是一个梦，一个无法触及的幻象。想及此，她不由得双手搂紧了库尔班的脖子。她双手死死交叉在一起，以至于连她自己都感到了发紧和发痛。与此同时，她双腿再次用力夹住他的腰——来自两腿中心的巨大引力和热浪几乎把她推离开他的后背。必须朝深处沉沦了。她把脸贴在他的后背上想。

累累和找不着家门的人。已经漂泊得太久,就无所谓回不回家了。没家了。也就不回了!即便回去,家已不是家——不是自己想要的本质意义上的家了!这就是我们的命运。是我们不得不面对的最严峻而迫切的现实生活。

只是——我还是无法把真实的寒冷传达给你。不能雪上加霜,使你比冷更冷。我害怕你孤寂的心再也承受不住生活的重量和寒冷,到最后连冷都不愿冷了。于是就尽量拖延复函的时间。我等待昙花一现的欢乐的到来。我要把它炭火一样迅速用双手捧住奉献给你。

新年第二天,我蹲在墙角翻找一些古旧资料。猛起身,头一下子碰在了打开的钢窗的尖角上。我没想到我向上的力气有那么大。我明显听到了钝器进入体内的咔嚓声。本能地用手摸上去,血液顺着额顶和手臂成串滴落下来。

一个人在自己的家里,竟然可以碰得头破血流——这真是一件有意思的事情!

奇怪的是——并不痛。而且我也不气恼——不生窗户的气也不生自己的气。相反地,却有某种难以言喻的隐秘的快乐和兴奋。那样鲜红的血液轻柔而坚决地滴落,小心翼翼地欢叫着落地,在浅色的地板上形成一个个小巧而精美的圆圈,惹人怜爱。这时,我日渐风干的心开始复活。我突然发现,自己竟然还是这样地鲜艳有力和温暖。我的躯体依然湿润饱满。我还有一种更为浓烈的颜色可以提供给世界。

大树受伤的时候,一定也很痛吧!它也会流血。流白色或绿色的血。也许还要哭——用谁也听不见的声音哭。更重要的是哭从不心慈手软的人类和自己的命运。

好几十年了,沙枣树一直长在那个路口。根扎在沙土里。有事没事的时候,就站在风中哭泣或歌唱。大风经过他身旁时,都忍不住要停下脚步,用声音触碰声音。

那是我们共同的树。我们曾在树下编织金色的梦想并彼此拥抱。我们背诵北岛或舒婷的诗。把内心的愿望拉扯得又粗又长。

树尽量伸长枝叶密布的手臂,为我们遮风挡雨,把暴躁的日头阻隔在高处或远处。

树有的是自己的办法。它把自己的整个身子(树枝、干、叶)都变成银白色。这是一种接近沙子或阳光的颜色。可以有效地把太阳的光芒反弹回去,进而藏住自己。每片叶子都像一把防紫外线辐射的银灰色太阳伞。使身体不至于晒伤或晒坏。大量的水分可以充分隐藏下来——多么聪明又机灵的沙枣树呀!

银白或银灰色是一种志向高远的颜色。太空人穿着的太空服和飞机多选取该色泽。沉稳、灵秀而富有现代气息,是大地植物最机智的生存色彩选择。这种宝贵色泽的圆而长的叶子在西部天空下随风飘摆的时候,整个大地都厚实而生机起来。

花——沙枣花是世界上最浓香的花朵之一。白色或淡黄色。状似茉莉及丁香。小巧美丽而繁多。谁也难以想到,极度干旱缺雨的沙漠地区,竟会长出如此芬芳迷人花朵!

每年四五月间,整个新疆都会被沙枣花香迷醉和倾倒。东疆、北疆和南疆,在沙漠四周的大片绿洲里,到处都有一种奇异的香味扑面而来。一种接近天堂的气味。一种让天空和大地美好起来的持续冲动。沁人心脾,芳香无边。只要掰一小枝插在屋里的花瓶里,在连续一周的时间里,你都能找到回家的感觉。仿佛你也被感染了。你也充满活力,周身洋溢着一种梦一样迷人的花草气息。

其实,你就是这样一棵沙枣树呀!持久地站在这里。站在那个路口,几十年了仍一动不动。所有的风沙吹不倒你。看似貌不惊人,却有一种奇特的力量。香压群芳,高洁无比。

这么多年来,我一直在无声地注望你。我喜欢这种默默的方式。无声胜有声。可以更强大和有力地抵达你。隐藏住一些细枝末节的东西,把我最想给你和你最需要的部分传送给你。这是某种无奈的选择,但又是我们的诡秘所在。

站在你身旁,实际上就站在了那棵沙枣树的身旁。看到你枝叶茂盛的样子我就高兴。你一遍一遍暴晒自己,或者从生活的洪水里一次次把自己打捞出来。我看见你的长发、眉毛、睫毛、衣服和手指上挂满了苦难。你想极力抖掉这些苦难的露珠,却发现它离你更近了。并且正在滑向内部,渗进光洁柔嫩的肌肤。很快地,这些露珠完全进入了你,成为你身体和生命的一部分。你只得伴随着苦难走。或者说叫苦难陪着你。无助极了!你在肉体和灵魂的双重拷问中迈过了一个又一个年关。

可是,你依然这样坚强地活着。树一样站在风中,坚硬又坚定无比。你平静地观看海水一样拥吻和漫拂而过的时间,心里充斥着一种明澈的光芒和清洁的感动。

是的,你依然那样矜持在风中。尊严而体面地活着。按照精神的指向行走。或者顺着内心风暴的方向走。而这种走势别人是看不见的。他们会说:树怎么会走路呢!他们无法理解大树的生命和语言。也永远无法听见内在的呼啸而过的风雨。而这一切你全懂。要知道,你就是大树心中的那种柔情的风暴呀!你就是精神的高度和厚度。是一棵树永远的视线。

我最佩服那种站在风雨中还能抵挡风雨的人。心里有乾坤!这是一些拥有足够多的心灵重量的人。他们可以在生活的浊流中稳住自己,进而澄清自己。在荒凉无边的时间的海洋里,这样的人能够放逐自己和有效地找回自己。对——稳住自己!这比什么都重要呀!稳住阵脚就等于稳住了生活和生命。在本质的生活里,根本就不存在胜利这个词语。胜利是专为投机者制造的专有术语。如果有人非要说自己在生活中胜利了,那是一件滑稽无比的事情。"挺住意味着一切(里尔克语)!"

喜欢看见你笑的样子。没有配得上的词来形容你的笑。我只好这样说吧——沙枣花烂漫新疆的样子就是你的笑。

你的欢笑里饱含着一种神秘物质。可以让大地瞬间苏醒并充满激情和爱意。使人间不知不觉地在美妙无穷的芳香里热情生动起来。人们春情勃发,在丢弃阴冷的面孔之后开始调情和亲吻。仿佛一脚踏进春天。并且踩痛了麻木的视线和爱情。世界呈现出一种古典而浪漫的表情。

昨天我听说一件事，我的一位很年轻的朋友患肝硬化。经常痛得在床上打滚。尽管如此，他在别人面前却装得没事人似的。照常快乐地说笑和喝酒。而回到家里，就打开水龙头号啕大哭。哗哗的流水声可以有效地掩埋一个男人的哭声，同时可以让他的悲痛更为流畅地迸泻出来。让水和眼泪一同冲走萦绕难去的不幸和悲哀。

他是一个典型的西部硬汉。那时候，我在足球队当后卫队员，他是我们的场上队长。何等地精力充沛呀！可没过几天，他就成了只能躲在卫生间的角落失声痛哭的人。他被时间的灰尘轻而易举地给打败并掩埋了。我们谁都迟早要被一捧沙土埋掉的，在时间的道路上，谁也赢不了。所有人都注定是个失败者。

一位独身女人。在一家媒体单位供职。来乌鲁木齐3年了，仍然自己孤守着自己。由于内向的性格，她几乎不同别人交往。从自己租住的小房子到办公室，再从办公室到小房子。她一天的所有时间都耗费在这唯一的两个地方及其中间的公共汽车上。几天前，她突然悄悄地打探并购买美国生产的一种名叫解忧丸的兴奋药物。她几乎把所有希望都寄托在这粒药丸上。期望它能帮她排除内心的焦虑和孤独和忧伤而救赎自己。

这件事对我的影响很大。在本质上，靠解忧丸解救自己同打开厕所水阀门痛哭是一回事。我理解他们。从某种意义上讲，我们是同道者。

解忧丸能否解除这位年近30岁的单身女子的忧愁，以及自来水是否可以冲去我朋友的不幸先不说，这种无助而积极的自救举措足以震人心魄了。我承认，在很多时候，我恐怕连类似的救赎办法都找不到。大面积透骨的孤独袭来的时候，我只会很深地躲进仅有的自我之中。像一块冰冷的石头。或者一块锈迹斑驳的生铁。我会缩进最后的心里。藏进谁也看不见的角落。一口一口把自己的肉体和荒凉一同吃掉。

这就是我们的命运呀！谁能躲过苦难的鞭子呢？我们在时光的污水里浸泡得太久了。只能被动而盲目地挪动可怜的身躯。不知不觉中，骨节松动，牙齿脱落，茂盛的头发大把大把地凋谢。肌肉松弛并萎缩。心上长满了皱纹。我们多么希望生活中的那棵骄傲的沙枣树再度出现呀！希望拥有一个正派而稳固和强大的榜样。希望他微笑着默默地注视我们。能够比水龙头和解忧丸更有效地救起我们。

我甚至想，假若因某种事物影响，你很长时间都看不到那棵沙枣树了。我就假装成一棵树，旺盛而芬芳地站在你的视线里，牢固地散送我的光亮和期冀。我就是那个只知道无声地看你的人。永远也说不出一句话，却永远有一肚子话想说给你听。

这么多的磨难和不如意飞矢一般逼近我们，总叫我们惶恐不已和束手无策。可我们毕竟还是清白而骄傲的人。我们有人的办法来对待生活。在我看来，只要我们还活着，就有充足的活下去的理由。当我们没能力改变世界的时候，我必须尝试着改变自己。当然这种改变是艰难的和有限的。有时候甚至看不见成效。但我们必须这么做。在生命的脉跳中为自己鼓劲。小心翼翼地调整心态和视角,平和而平静地面对着内心微笑。

是的,我希望并请求你这么做。在泥沙俱下的激流中大声喊住自己。同时用一句话或一个心愿拴住自己。我知道你能够做到这一点的。正如我们可以随时随地看见我们共同的沙枣树。正如沙枣树始终能给我们带来好运气!

你总说,北疆的沙枣比南疆的好吃。你说下一回过来时要给我带一包金黄的沙枣。

沙枣——那样的星星一样繁多而金光闪烁的椭圆形果实呀!精巧而饱满地倒挂在中亚的阳光下,内心充塞着缘自大地的高傲及感恩。

焦灼的爱一定又多又大了。沙枣的内部已承载不下。她们宁肯烧焦自己。宁肯沙子一样寂寥地存在。宁肯不说一句话地说。苦难及欢乐都成了独自品味的东西,成为生活的必备成分。

没吃过沙枣的人就不配说沙枣。正如没有爱过的人就不配说爱一样。在沙漠里,沙枣是一种独特的果实。甘甜、结实、纯粹,体内蕴含着大量的糖、淀粉及维生素类物质。它们同馕一起成为丝绸之路上行者们褡裢中必备食物。

沙枣就是那种时常被忽略却能够持续地甘甜无边的沙漠果实。来到嘴里的一枚沙枣,就是来到嘴里的无数个词语。

我们的沙枣树今年又结满了沙枣。不知道你看见了没有?秋天到来的时候,我要领着你去摘沙枣吃。

色日克克尔钦的时间

色日克克尔钦村的天亮得比别的地方似乎要晚。当十五岁的光头少年阿塔吾拉·孜吾东驱赶着羊群，经过他的同龄好友牙森江·托乎提家门前并喊他一起到多浪河边放羊的时候，牙森江伸了好几个懒腰也没醒过来。

阿塔吾拉只好在空中甩出一个清脆的鞭响，撵着羊群往村东的多浪河边走去。转身前他朝牙森江家的大门说了声："走了,牙森江"。

牙森江则在床上翻了个身，用谁也听不见的声音咕哝说："来了,阿塔吾拉"。

这时，阿塔吾拉漂亮的六嫂罕祖热姆也起床了。她把水缸里清洁的水灌进阿布都瓦（净壶）里，又把阿布都瓦拿到炕头，摇醒丈夫库尔班·孜吾东并递给他。

库尔班接过净壶后下炕，站在屋子中间。他举起净壶朝头顶浇点水,另一只手则按住这些水沿头顶往下擦洗。随后,他把净壶递给妻子。罕祖热姆以同样的方式往头顶浇水沐浴。

时值深夏。这对年轻夫妇沐浴了个痛快。之后,库尔班同其他兄弟一起下田给棉花打顶去了。罕祖热姆则和婆婆哈斯也提一道忙着给全家人准备早饭。

这个时候,牙森江终于把家里的羊群撵到了多浪河边的胡杨林里。

他朝已经在河边坐了半个多小时的阿塔吾拉走过去,盘腿坐在他身边。他从口袋里掏出一把杏干递给阿塔吾拉,并指了一下对方的头发说:"长长了!"

阿塔吾拉也从口袋里掏出一把葡萄干递给牙森江,指了一下牙森江的头发说:"你的也长长了。"

之后,两人分别吃起对方在这个清晨赠送的干果,谁也不再说话。只有多浪河不停地流淌,羊群在各自的地盘上忙忙碌碌地挑拣胡杨叶吃。

除了不时抬眼望一望各自的羊群外,两位光头少年所能做的事就是吃干果,以及不动声色地盯着河水看。

这些水从哪里流来,将流往何处?一路上看见了什么?每滴水怀揣着怎样的心事?对色日克克尔钦的村民来说,这一切仿佛是永远的谜。

水浇熟了一茬茬庄稼,浇肥了不计其数的牛羊,也浇大了一代又一代的树木和孩子。但水的时光记忆在哪里?水的年龄通过什么得以体现？水的远大前程是什么？水的情爱道路如何延伸？还有，每年五六月的洪水季节，河水的浑浊与暴怒是不是为了向时间示威？想到这里，牙森江忍不住说："多浪河真是一个了不起的老人啊！"

"老人？不对。"阿塔吾拉接过话头说："多浪河是个年轻人，跟你和我的年龄一样大！"

"你怎么可以这样说呀！多浪河的年纪比一百个爷爷都大呢！"牙森江不服气地说。

"不，同我一样大！我甚至认为，我就是这条河，这河流也是我。我比你，比村子里所有的人都更了解这条河流。我能读懂不同季节水流的颜色，能读懂每条波纹、每朵浪花和每个湾道。一年四季里，我一直在盯着河水看。不能说全部，至少我基本上读懂了这条河。我能想象到多浪河与小溪相会时的模样，也能想到诸多泉水涌出地面并汇聚成溪流时的情形。告诉你个秘密吧，牙森江！我能听到泉水涌动的声音。这是真的，只要我愿意，我随时可以听见高山流水的声音。比方说，我知道天山深处，每天雨水不断。每天下午六点二十分，托木尔峰冰川的雪崩会准时发生。偶尔也能听到村子南部塔克拉玛干大沙漠深处两只蚁狮的交谈。但最主要的还是对水流的声音极为敏感。可能是村子长年缺水的缘故吧！也许因为流水像时间，一去不复回，具有某种惊人的不可复制特性吧。总之，我对流水具有一种超乎寻常的理解及感悟能力。我就想，也许水也比我想象的更懂我呢！水的水性和灵性高于孜吾东。"阿塔吾拉说。

"为什么高于孜吾东——你的父亲？"牙森江问。

"因为在我看来，父亲孜吾东是这个世界上最了不起的人嘛！"阿塔吾拉说。

色日克克尔钦村位于新疆阿克苏市喀拉塔勒镇东北约 4 公里处，共有 4 个村民小组，166 户人家，其中 10 户为汉人。色日克克尔钦系维吾尔语，是汉语中黄胡杨树的意思。

多浪河在北部的阿克苏市穿城而过，之后一路南下，并从色日克克尔钦村东北部蜿蜒直下，朝东南部的多浪水库奔流而去。正是这条水路上，有力的流水一路冲击出了乔格塔电站、西大桥水文站、柯柯巴什电站、英吾斯旦电站和托乎其电站等。托乎其电站就在色日克克尔钦村东北部，距阿塔吾拉家约一公里。

托乎其电站北边是托乎提闸。该闸自东向西开出一条引水渠，人称大渠或多浪渠。此渠灌溉了全村的每一块田地。

在村东，与多浪河并列行进的是阿塔公路。而村子的西边，则是著名的阿克苏新大河。河的西岸是盛产稀世美酒穆萨莱斯的阿瓦提县。色日克克尔钦村就这么有条不紊地存在于这个世界上。

不管阿塔吾拉如何地自认为理解并读懂了大地上的流水，多浪河还是日复一日地悄然南流。它像一缕即将走失的阳光，盲目却又义无反顾地朝塔克拉玛干沙漠腹地汹涌而去。

少女阿孜古丽的时间

阿孜古丽的爱恋对象总在发生变化。有时候,这种变化之快她在睡梦中似乎都追不上。

三岁以前,阿孜古丽的整个生命世界是母亲。母亲的声音、抚摸、乳汁和呼吸是她全部的安慰。三岁以后,她认为父亲玉素甫江的怀抱才是自己生命的最大安慰。每逢父亲到喀拉塔勒或阿克苏逛巴扎的时候,她感到自己的日子难熬极了——简直都快死掉了!她觉得离开父亲的时光有一种说不出的难过甚至虚脱,这种虚脱随时都会令她窒息。一旦听到父亲的毛驴车的铃铛声传过来,她就觉得自己一下子又活过来了。那一刻,无论她在玩泥巴、跳皮筋,还是在杏树下荡秋千,都会不顾一切地朝村头的大马路上跑去。她会扑进玉素甫江的怀里哭个没完。这时候,玉素甫江就会从驴车的包袱里掏出一个小花帽、一个塑料洋娃娃或两个红鸡蛋给她,并紧紧抱住她亲个没完。有时候一高兴,还会站在毛驴车上,抓住脚踝部位,倒提着她往家里走。看着头底下尘土飞扬的道路不停地往后滑,阿孜古丽感到自己拥有了一个新奇而变幻莫测的世界。她一边哭天喊地地捶打父亲,一边享受着这种惊恐异常的兴奋与疼爱。

由于对父亲的崇拜和迷恋,一连好多年,阿孜古丽甚至想象不出除了父亲之外,还有什么才是自己的生命力量和依靠。她甚至嫉恨母亲。因为是母亲不时地牵引住父亲的目光,使她感到了与父亲可能情感疏离的恐慌。特别是在一些漫长的冬天的夜晚,当她看到在自己身边的被窝里,父亲可以肆无忌惮地压迫母亲并使其发出连续不断的幸福的呻吟,而自己永远也做不到这一点的时候,就感到自卑又绝望,觉得母亲毫无保留地霸占了父亲全部的爱,且永无尽期地霸占走了。自己成了一个旁观者,一个被永远抛弃的人。什么也插不上手,什么也不能做,只能躺在一旁装瞌睡,任凭眼泪无休无止地肆意奔涌。是的,阿孜古丽绝望极了。她感到自己——这朵希望之花一夜之间开败了。

十岁多一点的时候,村里放映的一场露天电影挽救了她。那是一个初春的夜晚,镇电影放映队到村委会门前放映革命影片《智取威虎山》,阿孜古丽同小学同学们一起挤坐在一根被砍倒并剥光了皮的白杨树上。当孤胆英雄杨子荣深入虎穴及歼灭土匪以后,阿孜古丽内心的爱恋对象则完全被这个身穿军服的英雄人物所取代。在她看来,这样的英雄豪杰才是她真正的精神偶像。连续半个多月,她同小伙伴们一起,跟随放映队辗转于村村组组——演杨子荣的这部电影放到哪里,他们就跟着看到哪里。连看十几遍也不厌烦。她一度认为,只有英雄人物才符合自己的内心愿望。

后来,大约上小学四年级的时候,阿孜古丽被班主任老师吐拉洪深深吸引住了。这位年轻的语文老师大眼睛,八字胡,与人说话时,总有一丝迟疑的温和与诚恳。也许正是这种短暂迟疑的特点吸引了她。每次上课时,她有意无意地等待他开始说话之前的这个不易觉察的迟疑时分。在她看来,这是一个妙不可言的时刻,一种崭新的生命空间,也是另一个语言世界的预示。经此一顿,新鲜馒头一样的一堂精精语文课就要出笼,一次内在而隐秘的精神大餐正式开始了!

别的同学说,吐老师这种状态的文雅说法叫口吃,通俗说法是结巴。但阿孜古丽从来不这样认为。谁这样说,她就跟谁急——指责对方不尊敬老师。就这样,由于喜欢老师的特殊习惯而喜欢上老师的语文课,以至于最后完全喜欢上了老师。每当吐老师因一时讲不出话而急得满脸通红,并且圆睁着那双温柔又明亮的眼睛极其无辜地注望全班同学的时候,阿孜古丽认为这是一个伟大世界的预兆,她兴奋得恨不能给老师鼓掌。

换句话说,语文老师的这种不很明显的结巴空间给少女阿孜古丽带来了难以忘怀的美妙记忆,同时给她提供了一种青春生活的另类选择与可能。大约有一年来时间,她的简朴又单纯的青春年华是在男语文老师吐拉洪魅力无边的结巴中度过的。

风车的时间(一)

"整个二十世纪就是一台大风车。"站在库房里的风车旁,孜吾东若有所思地说。

"是不是因为你家有一台风车,你才这么说?"我忍不住问道。

孜吾东有些惊诧地看了我一眼,又看了裹着金丝绒外套的风车一眼,一句话也没说,转身走出了库房。之后,他径自下田给棉花打顶去了。

我找到孜吾东的十儿子阿塔吾拉,并说出了我的疑惑。没想到阿塔吾拉也突然沉默不语了。我决定到汉族小组的柴希地家去问个究竟。

待我转身离开时,阿塔吾拉问道:"你真的特别想知道?"

我说:"是的。难道这个风车这么神秘吗?"

"这是我家最大的秘密。爸爸这句话的准确涵义是:这台风车知道整个二十世纪!"阿塔吾拉极其认真地说。

阿塔吾拉一溜烟跑回家，从壁橱里抱出一个被花纹铜皮包裹着的木箱，打开后取出一个桑皮纸本子让我看。厚本子里面写满了维吾尔和阿拉伯文字。

"家谱吗？"我忍不住问。

"比家谱厉害，"阿塔吾拉说："是记录。风车知道的红白喜事记录！"

在色日克克尔钦，风车还有一个名字，叫扇车，是小麦、稻谷等农作物必不可少的脱壳净化工具。因系人工机械，所以收获季节，需要二至三人配合工作才能有效完成果实脱壳事项。

阿塔吾拉家的风车制成于1900年。神奇之处在于：除了完成正常的粮食脱粒工作之外，还有预知祸福功能。

在一些无法预料的时刻，风车会通过哭或笑的方式，提前把灾难或喜事通知给阿塔吾拉的家人。

具体事情是这样的：每当风车发出哭声时，阿塔吾拉家或亲戚家就会死人，而且三天之内应验。倘若他家或亲戚家没发生意外，那么，这个世界上的什么地方肯定会发生大灾难。但是，如果风车冷不丁发出笑声，那就预示着喜事降临啦。比方说添孩子、考上大学、棉花丰收、中彩票、娶媳妇等，同样能在三天内见分晓。

这样一来，风车变得格外重要和神秘起来——几乎成为全家人悲欢命运的晴雨表。大家既爱它又恨它，敬它又怕它。为了逗它发笑和避免哭声，全家人费尽了心思。几代人下来，家庭延续了一整套祈笑防哭仪式。无论春夏秋冬，家长必定要安排人陪睡在风车旁值班。一旦发现声音，迅速通告全家，尽可能地躲避灾难。愈是狂风大作的沙尘暴天气,愈要注意密切观测风车。

阿塔吾拉说,第一个发现风车预知祸福能力的是他父亲孜吾东的爷爷买买提,也就是这台风车的制造者。记事簿上说,光绪二十八年(1902)的一天深夜,色日克克尔钦村突然狂风不止,鸡飞狗叫,老鼠和沙蛇四处乱跑。除此之外,买买提还听到一阵紧似一阵的哭声。起先他以为是家人哭泣。当他举着煤油灯检查完所有安睡着的家人后,怀疑是邻居因惊恐而哭泣。他举着煤油灯想到院子里听个究竟,谁知刚打开大门,灯就刮灭了。等他重新点亮灯盏并套上牛皮灯罩站在院子以后,才发现哭声来自偏屋的库房里。本想喊醒父母及家人一起去看,可一想到大家熟睡,他就壮着胆子提灯笼前往探寻。小心翼翼地推开库房的门一看,原来是风车发出了令人揪心的哭声。正是这个时候,买买提感到屋子剧烈摇晃起来。阿克苏大地震发生了。勉强站稳身子并走到院子时,突然天崩地裂,房屋倒塌,仿佛世界末日到了。

沙尘暴持续数日。

记事簿这样记载:"震动方向由西向东,震中裂痕七级。人立地上,宛如大浪颠舟,簌簌之声连成一片。平地成壑,涓涓出水。屋宇墙垣大半震塌,伤死人口牲畜不计其数。受害之处,广约三四百里。风车鸣止,其屋依然。家人仅剩买买提。"

此后多年,买买提回想此事,仍心有余悸。除库房外,他家的房屋全部倒塌,六口人仅他幸存。要不是风车的叫声把他吸引到库房里,他肯定也命丧黄泉了。

正是从这一天起,他格外重视起风车的哭声。几年后,在买买提盖了新房娶媳妇的前两天夜里,他听到了风车的笑声。在他的儿子,也就是孜吾东的父亲等人出生前夕,风车也无一例外地发出了笑声。

到2006年7月,这个风车已活过106岁了。我仔细看了看,这是一个桑木、榆木、胡杨木和核桃木混杂而成的风车。一些木板老朽,有明显的修补痕迹。由于敬畏和爱护,风车一直放在库房里,并用帆布、艾德莱斯绸或金丝绒外套严密包裹,只有农忙季节,也就是不得不用的时候,人们才小心翼翼地把它抬出去。

按照阿塔吾拉的说法,假若风车喊叫之后家里没有发生啥重大悲喜事件的话,那阿克苏、新疆或世界上的其他地方肯定发生了大事——反正风车不会无缘无故鸣叫的。

我请阿塔吾拉把记事簿上的维吾尔文记录选取几样翻译给我。他说,笑声之后发生的大事有:1900年,费洛伊德的《梦的解析》出版;1905年6月30日,爱因斯坦发表相对论;1960年,避孕药问世;1969年7月20日,人类登上月球;1945年,孜吾乐·阿比布拉诞生;1991年5月7日,阿塔吾拉·孜吾东诞生……而哭声之后发生的大事主要有:1912年4月14日晚23时40分,泰坦尼克号客轮撞沉于冰山上,1513人葬身大海;1934年8月2日,希特勒上台;1941年12月7日,日本偷袭珍珠港;1945年8月6日,美国对日本广岛空投"小男孩"原子弹,死伤13.6万人;1968年2月3日,阿克苏地区养路总段发生武斗,6人死伤;1968年7月1日,阿克

183

苏再次发生武斗,17人死伤;1971年9月20日18时,阿克苏突遭冰雹袭击,冰雹直径5厘米,树叶落地,飞鸟被打死,作物受损;1986年5月18日,阿克苏市发生罕见大风,牲畜死亡7468只,62间房屋倒塌……

阿塔吾拉是个很聪明的维吾尔族少年。我知道,除本村逐一应验的大事外,国际国内的悲喜大事,是他根据记事簿上与风车哭笑时间相对应的空缺位置核实并补录上去的。其事件发生的时间必定在风车哭笑预告的三天之内。

直到今天,没有谁能弄清声音是从风车的哪个具体部位发出来的!有人曾因家庭灾祸,一怒之下拆卸过整个风车,期望找到其发音器官,破解这种诅咒般的声音。可他们拆散风车后,在一块块木板上——啥也没看到。待重新组装之后,一旦遇到福祸即将发生,风车又会一丝不苟地预告起来。

风车的时间(二)

风车就像一匹骏马,在四季的草原上奔腾跳跃和来回穿梭,满眼风霜,一身疲惫,但同时也淡看云雨,内心写满了关于生活的故事和关于世界的诺言。风车站在那里,想都不用想,就能珍珠一般说出发生在自己身旁的事情及自己的心愿。风车平静如水的目光抚平了时间的哀伤与疼痛。风车就是一位时间老人,在风中哭,或者笑,竭力把灵魂打扫得洁净无比。

不知道从何时起,风车得到了孜吾东一家人特别的关照。它像马一样被关进库房里,并且有越来越多高级的艾德莱斯绸或金丝绒罩布遮裹,经常还有人夜里来身边守护。全家人的特别重视,使风车自己都觉得有些无所从。

风车知道,说是来看风车,实际上是来监视和观察风车。全家人生怕风车说出关键的话语时,一家人不慎错过,酿成祸患。也就是说,人们对祸患的担忧远远大于对福乐的关注。

很多时候,风车居住的大房子是孩子们游戏的天堂。傍晚,村里的孩子们玩电报取消的捉迷藏游戏时,经常会误打误撞到这里。碰到天气不好的时候,男孩子撞羊拐骨、拍纸烟盒、下方等游戏,女孩们跳皮筋、叼羊等游戏,都在这间大库房里进行。风车成为最忠实而直接的观众。

风车注意到,一次,玩类似过家家的骑马游戏的时候,轮到13岁的女孩罕祖热姆了,她却开始退缩,死活不愿意骑到比他大两岁的男孩库尔班背上去。但是,如果她还犹豫的话,游戏就没法进行。排在后边的孩子不停催促她。经过别人从背后一推,罕祖热姆闭着眼睛猛地一跳,总算跳到扮演黑马的库尔班的背上。在大家的一片欢呼声中,库尔班四肢着地,驮着小女孩罕祖热姆在屋子周围奔跑起来。

然而,跑满一圈,该她下来的时候,她却双手搂住库尔班的脖子,死活不肯下来。最后,弄得别的孩子们只好负气出门,玩别的游戏去了。

别人走后,两个孩子的骑马游戏重新开始。库尔班跪地爬行。他感觉到她在自己的后背上,罕祖热姆不仅把最柔软的部分靠近了他,而且把整个身体和呼吸都贴近他。他听到她气喘吁吁,似乎比驮着她的人还累。他意识到,罕祖热姆并不是仅仅按照他迈膝的节奏和幅度扭动身躯。很大程度上,她在按照自己的节奏朝库尔班的脊背晃动和施压。她发出并不均匀的喘息声,还会情不自禁地发出粗重的呻吟。库尔班不知道究竟发生了什么,也不敢问。他只是双膝跪地，不停地跨开步伐往前爬去。但他明显感到，此游戏已非彼游戏了。他平生第一次遇到了可以让他觉得既好奇又有些恐惧，既惊喜，又有些不知所措的游戏。

事实上，真正对这件神奇的事情感到莫明其妙的是罕祖热姆。玩骑马之前，她从来没有意识到库尔班有多好。只是觉得他是这群孩子中年龄最大的。大伙儿推选他当黑马，她也跟着赞同。但是，当他趴下来，露出健硕有力的双腿和腰身，特别是在他双脚着地，翘起臀部，从而使衣服自然下滑至腋部，露出漂亮的脊背和腰的时候，罕祖热姆感到自己的眼睛突然被一种奇异的美所吸引。仿佛遭受了一次看不见的棍击，稚嫩的心灵猛地一颤。她根本说不清是怎么回事，只是觉得有些不好意思看他。甚至有一种躲避他的欲望。看到别人一个个争着往这漂亮结实的背上骑，她感到有些愤怒。特别是看到别的小女孩骑他时，她有一种说不出的难受。恨不能一把把所有的人推开，好让自己一个人去骑。但是，轮到她骑他时，她感到羞愧难当。说什么也迈不开步子。后来，当别人推她一把，使她跳骑到这个俊美硬朗的后背上的时候，感到一股巨大的引力将她黏附在他身上，再也不愿分开，再也无法分开。她恨不得从后背直接钻进他的体内去。尤其是他迈动四肢爬动时，她觉得自己最隐秘的世界被点化开了。他每迈动一次肢体，都带出了她巨大的惊喜和颤动。随着大腿内侧的夹击，以及她神秘而柔软的部位在她脊梁上的摩擦与晃动，她被一种空前的快乐所攫取。瞬间被一种奇怪的力量所俘获和控制。她已无法自拔，也无法回神。此刻，要是身下的这个谁也弄不清楚究竟过了多长时间。迷迷糊糊之中,库尔班站起了身。而罕祖热姆似乎一直也没能醒过来。她双脚相勾,两腿紧紧夹缠住库尔班的腰,两手则搂住他的脖颈不放。她面颊紧贴他,眼睛舍不得睁开。

后来,库尔班轻声说:"妈妈叫我吃饭了!"

罕祖热姆好半天不说话,一动不动。

后来,她突然跳下库尔班的背说:"爸爸也叫我回家吃饭呢!"说完转身离开库尔班和风车,走出库房,朝家里跑去。

风车又一次看到他俩,是他们来库房玩送羊拐骨游戏。这天,很多孩子都在库房里或院子里跳绳、猜扑克,罕祖热姆径直走到库尔班面前,从衣袋里掏出一块洗得干干净净的羊后腿拐骨,递到眼前说:"库尔班,我向你送羊拐骨了!"

对每个维吾尔族人来说,这是个勇气和友谊同时面临考验的时候,任何人都必须毫不犹豫地接受这块羊拐骨,迎接挑战。否则,便被视为懦夫,遭人耻笑。

库尔班接过脱陪克(羊拐骨)后,平静地说:"你说期限吧,按三年行吗?"

按照色日克克尔钦的风俗,可以送朋友羊拐骨,也可以招待客人时,故意让朋友从清炖羊腿中吃到羊拐骨。如果吃到了,大伙就会笑着提醒他:"你拿到羊拐骨了!"从这天起,在半年或三年内,主人或送羊拐骨的人,可以在任意一个地方向接受了羊拐骨的人讨要这块拐骨。如果立即拿出来,就算赢!否则算输。输者都必须杀羊和备穆赛莱斯,请朋友来家里跳麦西莱甫。当然也可以商定别的惩罚办法。

一周后的周末,站在风车前,罕祖热姆突然把手伸到库尔班鼻子底下说:"给我羊拐骨。"

库尔班一摸裤腰带,傻眼了!

上次接受羊拐骨后,他当晚就用细绳将其拴在裤腰上。谁知周末换衣服时,忘记将其拿下来。他支吾道:"现在呀?不是说三年吗?"罕祖热姆说:"三年内!一天也是三年内呀!你输了。给我买围巾吧。"

库尔班脸一红:"我明天去巴扎。"

罕祖热姆扑哧一笑说:"好了,不要你买围巾了。就罚骑马吧!来,趴下。"

库尔班老老实实趴在地上。他们又一次玩起骑马游戏。

后来,风车频繁见到了这两个孩子。最为真切的一次是在风车身上。

说起来,他们两家还是亲戚——罕祖热姆是库尔班的远房表妹。一个农忙季节,孜吾东请罕祖热姆放学后,同库尔班一起到打麦场帮家里收麦子。

天空乌云翻滚,沙尘暴即将到来。风车看到,学生们放学归来后,迅速赶往麦场抢收小麦。

孜吾东正高速搅动风扇,用风车分离刚脱粒好的麦子和麦芒。由于没人在上面搅动,风车分得很慢。他叫了声罕祖热姆,并指了指风车。罕祖热姆心领神会,从出风口那头跳骑在风车上,双手开始搅动上端小山一样堆挤的混合着麦粒的粉碎物。

看到罕祖热姆翻动得很吃力,库尔班从风扇这一头爬上去,骑坐在风车另一头。他们交替在麦堆里翻动,效率大增。孜吾东把风车的开关放至最大挡,全力转动风扇,麦子的分粒速度比原来增加了一倍。

正是这个时候,风车深切体会到了骑在它身上的两个年轻人。它感到库尔班和罕祖热姆在忙碌的同时,却不住地感知对方。他们以相同的姿势力度与节奏,使心跳保持一致,呼吸和愿望也按照相同的方式剧烈增长。

沙尘暴终于来到的时候,孜吾东家的麦子已收拾得差不多了。两个年轻人跳下风车。人们把风车抬进库房里,并用金丝绒罩子罩上。

桑树的时间

桑树已经活了大约600个年岁了。一年又一年,它站直身子在村口长,好像任何事物都已无法影响它的心情了!

由于年岁太大,桑树已空了心。空心的地方,一个小孩子都能钻出去。所以,中午或黄昏,不断有小孩儿从桑树的心里钻上钻下,以体现其灵敏和勇敢。大人们也不怎么干涉。相反的似乎有意无意地鼓励孩子们这么做。谁都希望自己的孩子将来成为世界上最了不起的人。只是——他们或许谁也没想过,有一天,也让桑树在孩子们的心里钻上钻下。

活到一定时候,树就变得老成持重,简单诚恳了。枝条不是很长,但却结结实实。叶子不像年轻桑树那般张狂嚣张,硕大无忌,但却细密有致,条理清晰,像纺锤,又像柿树叶子或心。果实也不再那么一味强调个大体胖,雄心无边,但却密集有力,繁盛而牢靠。树皮也变得粗糙结实,厚重无比,一般的风吹霜打很难伤害它。要是它自己愿意继续活下去,谁也拿它没办法了。至少,时间在它面前表现出了必不可少的尊敬和退让。

最令人惊奇的是,这棵桑树的果实一年三熟。在很多人埋头忙碌自己的生活的时候,桑树默默地完成了生理转换。一次又一次开出属于自己的单性的花,那种黄绿色的体态近似丁香的花朵。每年初夏时节,它抢先长熟了黑紫色的桑葚。当年夏季和初秋,另外两茬花又开了,健硕可人的桑葚果穗相继成熟。

想知道这棵树上桑葚的香甜程度,你最好能来尝一尝。可以说,这是世界上最甜的桑葚。不光如此,色日克克尔钦的人都以能在每年的不同季节里吃一颗该树上的桑葚为荣耀。他们把这棵树上的果实不叫桑葚,而叫圣果!

村里人最喜欢种的果树是杏树和桑树。前者为了生活,后者为了信仰。

想一想吧,一棵树活了好几百年——你所吃的每一粒果实,它都在体内孕育了好几百年!这种600多年的时间摆放在面前,所有的东西都显得渺小和微不足道了!一棵结了600多年的树的果实放进你的嘴里,它已不再是果实了,而是时间与信念,是历史的回声和呼喊。每吃一口,你都会厚重一次。吃多了,没准儿你也能学着桑树的样子,一次性活上600岁。

桑葚改变了色日克克尔钦的世界。

桑树离阿娜尔古丽家的宅院不远。按理说,这棵树应当划归她家。但因这棵树在大家心目中和生活中的位置太重了,所以,打很多人记事时起就知道,老桑树没法属于任何个人——它是大家的,是每个人的精神雕像。换句话说,任何个体生命,都无法独自承受桑树强大无比的精神重量及生命气息。

由于是大家的树,所以每个人似乎都有权力在任何时候来采摘果实。果熟季节,每天早晨都有人扯一块大布单接等在树下,然后用一个长木杆从树枝上摇桑葚吃。手指和牙齿全变成了黑紫色,但桑葚却吃得人们心满意足。好在色日克克尔钦的人都懂得珍惜和节制。所以很久以来,从来也没听说过有谁因抢吃桑葚子而打架的事。

夏天的傍晚,无论男女老少,大家都喜欢坐在桑树下拉家常。说话说饿了的时候,有人站起身说:"吃个桑葚子吧!"于是脱下衬衫或围裙——扯得很宽大而有弹性,摇一摇树枝,接熟透的桑葚吃。吃够了,坐下来继续聊天。久而久之,桑树下的地面,被踩踏得光滑而结实。

要是该吃饭的时候,谁家的孩子还没回家,大人们第一个要找的地方就是老桑树下。假如谁家的毛驴半夜挣断缰绳不见了,主人也先到树下去找。这是因为,毛驴一连好多天都在想着吃几粒老树上的桑葚的事。但白天主人看得太紧,它没机会下嘴。所以等到夜深人静的时候,就偷偷跑出来,用后蹄子踢下来几颗熟桑葚,拿舌头舔着吃。一般情况下,吃上几个桑葚后,毛驴精神大增,会主动回到驴圈或拴驴桩前继续睡觉。

色日克克尔钦的情侣们不光喜欢在桑树下以采桑子的方式约

会,而且还把在这棵神树下谈情说爱当成一件神圣而不可或缺的事情。谁都知道,有圣树作证,爱情必定牢固而长久。碰到爱情不太顺利,以及爱情之果七八成熟的时候,恋人们都不约而同地会想到来桑树下面一回。因为往老桑树下一站,就意味着他们拥有了坚不可摧的爱情信念和决心。似乎桑树就是每位恋人无声的诺言。转身离开时,每个年轻人都爱意坚定,信誓旦旦。事实证明,经历过桑树的爱情就是能够耐得住时间的击打和检验。

村里的老年人都说,桑葚有补肝益肾、滋阴养血功能,这使得人们在某种程度上把桑葚当成了包治百病的药物。比方说,有人夜里睡不着觉,他就会在心里提醒自己:"明天早上去摘几个老桑葚子吃一下!"哪个在外面做了很久生意的男人回来与妻子团圆了,碰见他的人在打过招呼之后会补上一句善意的玩笑话:"不要忘记了——几个桑子嘛?吃一下!"如果孩子感冒发烧、学习成绩不理想,以及同人打架生闷气和哭闹不止时,家里人往往不是恐吓其狼来了。而是说,过几天我摘几颗老桑子给你吃。听到这句话,孩子们就不哭了。女人们往往会真的摘桑子给孩子吃。没多久,孩子们的病真的就好了!

一次,桑树做了一个梦。它梦见自己走到哪里,头顶上一朵大黄云就追到哪里,结果弄得它一连好多天都晒不上太阳。后来,桑树索性不跑了,站稳自己,一动不动。这时,云朵把高尔夫球大小的冰雹一股脑儿地砸向它。它抬头一看,云头上果真站着一些人,挥舞长杆飞速向它打高尔夫球。它想挪动身子躲开这阵凶猛的袭击,谁知却怎么也迈不开步子。这时它发现,它已在原地深深扎了根。所以,就只好站直身子,任凭高尔夫球击打。它悲伤极了!想哭,却哭不出来。一着急,桑树醒了。

桑树发现,自己全身开满了黄绿色的花。

热瓦甫的时间

在孜吾东家的新房里午睡的时候,我被不知道从何处传来的一阵妙不可言的多浪热瓦甫的音乐声吵醒了。

色日克克尔钦村的人从来不午休。准确地说,是不在房子里午休。我估计不少人也会在大渠边的馒头柳下、田头的白杨林带里和多浪河边的胡杨树下小睡一会儿的。但谁也不会在大白天躺在炕上睡大觉。

此刻,孜吾东一家人放羊的放羊,给棉花打顶的打顶,摘杏的摘杏子,哈斯也提和罕祖热姆则在菜园里拔葱、掰嫩玉米准备晚饭,我却倒头大睡。显然,我把在城市里养成的习惯带到了色日克克尔钦!但是,没办法!要是不多少睡一会儿,我的整个下午都会过在关于睡觉的无尽期盼之中,仿佛有一件天大的事没办成似的。

其实,觉也睡不踏实。虽然,哈斯也提好心地在这个有大炕的屋门上挂了一个门帘,但下午的苍蝇像 B52 轰炸机似的,在我的头顶及脸上乱飞不止。无论我怎样气急败坏地追打也无济于事。正是在这种似睡非睡的当口,我听到了热瓦甫的声音。

这是一种沧桑而忧伤的琴声。听起来,其主人好像在弹奏一支牧羊小调,但是,这种乐曲经时高时低的高音喇叭传送出来,使躺在炕上的我听起来,更觉得散漫而随意,甚至不注意章法和节奏。也像一个人漫不经心地用手划过钢琴键盘时留下来的声音,就像有人用勺子从木桶里舀水浇菜时发出来的清新自然又随心所欲的声音。

渐渐地,我的午睡也漫不经心起来。我不再努力数阿拉伯数字或默念一个人的名字胁迫自己入梦了!我在这种若有若无的散漫曲调中逐渐变得心无旁骛,专心谛听起来。我打开听觉中的审美过滤器,一层层分离不同的音响层次。比方说,我先把高音喇叭的嚣叫剔除掉,再把各类杂音抛开,然后把旁边凌乱的手鼓声,以及扩音器中时高时低的音量造成的不适之感去掉,这时,我听到了纯粹的热瓦甫的颤抖得有些忘形的声音。

这是一种幽远、古朴而忧伤的琴声。这是牧羊小调吗?那种在多浪河、阿克苏河、叶尔羌河或塔里木河两岸的胡杨林里肆意弥漫的声音,在每一个牧羊人舌尖或指缝间尽情翻滚和散落的声音,那种一代又一代传唱下来的沧桑无奈的声音,那种对活着的生命心怀感激与赞颂的声音,还有那种把欢乐无限放大,把苦难当流水来接受的平和和伟大的声音……

那么乐手是谁?弹琴的手指以怎样的方式张开?我努力想象他

弹奏热瓦甫的表情和姿势，想象他通过高音喇叭把多浪音乐撒向色日克克尔钦的每个角落时的样子。我极想走过去，找到琴手，双手捧接住这些撒向虚空的音符。我相信，这些音符正通过一种神秘的，我们谁也听不见的方式向远处滑行。它们紧贴在树枝上、花朵里、泥土中，紧贴在毛驴的毛孔和少女们的睫毛上，贴在每一颗单纯而强大的心灵上。当然，它们会通过特殊的方式，穿越时光的隧道，牢牢地依附在一位古代乐手的白胡子上。

在一阵紧凑而真挚的弹奏之后，高音喇叭里传出了"喂……喂……喂"的声音，同时出现了另一阵鼓声，当然还有艾捷克或萨巴依的声音，但不久之后，多浪热瓦甫悠远古朴的声音又响起来了。

听到热瓦甫的声音，我感到心里一颤，仿佛又同自己多年前的故友见面了，眼睛一亮，心绪大振。这一刻，我感到自己是如此痴迷于这种几乎毫无来由的热瓦甫乐曲。这个曲子比刚才的曲调更为深情哀婉和悠长一些。听起来，像是对情人无尽思念的感觉。也许是多浪姑娘的出嫁歌吧！

我希望尽快赶到现场，去看看这散漫而高深的乐手。我站在炕上，打开屋子后窗。我发现音乐是从孜吾东家房后的果园西边传过来的。

走到门口，我看到孜吾东正在院子里劈柴。我问他，谁家的热瓦甫乐曲声这么大？

孜吾东用力把举在半空的斧头劈下去后，站直身子告诉我："晚上嘛，买提尼牙孜办麦西莱甫。他女儿古丽萨热的名字今天有了，大家庆贺一下。从巴扎上请来的乐队,正在调试乐器和音响呢!"

我问他是否知道热瓦甫是谁弹的?可孜吾东似乎并不在乎这件事。他侧耳听了听说:"村里弹琴的人多得很,都想在喇叭上试试嘛!"

我有些失望。孜吾东又说:"阿塔乌拉、罕祖热姆都去看乐队了。"

他说的阿塔乌拉是自己的十儿子,罕祖热姆是六儿媳妇。

麦西莱甫的时间

主持人仅仅只向门厅里的乐队打了一个手势,乐曲就急切又猛烈地震天訇响起来。

人们陆续甩臂迈步——像潮水一样旋进麦西莱甫的汪洋大海之中。

麦西莱甫是维吾尔族民间盛行的歌舞游艺联欢会。其不朽魅力在于,这是一种任何人都可以参与其中尽情欢乐并且给别人带来欢乐的公共游乐活动。换个说法,这是每个人都可以尽情展示个性魅力与精神活力的地方,也是那种可以把无尽的欢乐有效传递给所有亲人朋友或陌生人的地方。

在一年四季的任意一个时间里,色日克克尔钦人都可以以任何一个理由举办麦西莱甫。节日、婚庆、野游、丰收、朋友来访、孩子考上大学时,大家都会以麦西莱甫的方式欢庆。甚至亲戚、朋友或村庄之间,也可以轮流举办麦西莱甫。听到音乐声响起,无论男女老少,也无论族别和来处,任何人都可以赶奔现场,旋进歌舞人流当中,任何人都可以放肆地欢乐和歌唱。

有时,人们从阿克苏市、喀拉塔勒镇请乐队来伴奏。习惯上,无论从哪里请乐师,大家都统称为"巴扎上请"。而更多的时候,人们不请正规的乐队,而由村子里能够操持各类乐器的人来奏乐,自娱自乐的氛围被营建得淋漓尽致。这时候,多浪乐器中的卡龙琴、多浪热瓦甫搬出来了,艾捷克、都依尔、萨巴依、苏耐依(唢呐)、达甫(手鼓)和纳格拉(铁鼓)等逐个动用起来,人们在这种熟悉而亲切的乐器声中幸福快乐得无法自拔。

今天是买提尼牙孜给刚出生两个月的女儿古丽萨热命名的日子。晚间的麦西莱甫成了水到渠成的事情。

天没完全黑,挂在院子里葡萄架下的一个一百瓦的灯泡就亮了。人们彼此行礼邀请对跳,歌舞的浪涛淹没了全场的每一个人。

10岁的小女孩卡比努尔跳着舞来到我面前,以优雅的维吾尔族舞姿,邀请我和她一起跳舞。此时,我和阿塔吾拉及村里的一二十个小巴郎、小古丽在一起——坐在靠近房子墙壁的毡子上嗑瓜子,看别人跳舞。当勇敢的小女孩卡比努尔第一个走上前来邀请我的时候,全场的人都边跳舞边扭头关注我的反应。我知道,我必须起身随她跳舞,否则将是一件严重损害卡比努尔自尊的事情。当然,不接受邀请也是一件既不体面又无礼的事情。我把手里的照相机和笔记本交给阿塔吾拉,起身同卡比努尔对跳起来。

这么一跳,我的整个狂欢夜晚就算正式开始了。

我肯定是笨手笨脚的,同时又认真得好笑。我发现很多人跳舞的同时,冲着我发笑。也有人点头赞许。深受鼓舞的是坐在我周围的孩子们。他们开心地笑着。每当我绕场一周跳到他们身旁时,就不停地对我竖大拇指,嘴里亚克西、亚克西地喊个不停。很多孩子也跟着成双成对地对跳起来。

事实上,自从我接受了勇敢的小女孩卡比努尔的邀请之后,就等于接受了所有孩子的邀请。这些可爱的古丽和巴郎子们——争先恐后地请我跳舞。而我也不想让任何人失望和没面子,就有请必跳。没多久,在我一曲尚未跳完的时候,身旁就有好几个孩子跟在我身后单独跳舞了。他们以这种方式排个队,以便赢得下一曲开始时的邀请权。

后来,阿塔吾拉把照相机交给比他小一岁的侄子买合木提,也起身邀我跳舞。但跳舞时,趁着我们交替转身的机会,他告诉我:"双腿叉得不要太开!"过一会他又告诉我:"把两手摆动的幅度放大一些,这样才更潇洒好看。"

这时候,我才明白,他早看出了我跳维吾尔族舞时的诸多问题。之所以邀请我跳舞,目的是帮助我纠正不良动作,尽早同大家跳得一样得体和洒脱。

除此之外,整个晚上他都怀抱着我的照相机。我打开镜头盖,调好焦距,让他给大家照相。闪光灯一闪,所有的孩子一下子围在他身后,或者一哄而上,拥挤在他面前,请求他给照相。这种时候,阿塔吾拉得意极了。也许就因为这个照相机,他一下子成为今晚威风八面的孩子王。

阿塔吾拉的父亲孜吾东一直和人一起跳多浪舞蹈。我注意到他不住地屈腿躬身,并且向左右抡臂,动作粗犷奔放。也许是年岁较大的原因,我总觉得他跳得笨拙而迟缓,甚至有一种踉踉跄跄的感觉。我担心他要是不小心,当场摔跤都是可能的。

但奇怪的是,孜吾东一次跤都没摔,而且越跳越好,越跳越轻松稳健。

曲间短暂休息后,另一支激昂的乐曲再度响起。突然,孜吾东走到舞池中央,冲门厅过道花台内的乐手们摆手说:"停一停,快停一停,我有话要说。"

乐曲停下了。只见孜吾东伸双手左右摆摆,又向下压了压,对站在院子周围的人说:"都跳以前的舞吧!跳多浪舞。人太多了,少上来些人!太多了,记者照不成相。"

我并没有提出这种要求——请大家跳正宗的古代多浪人的舞蹈,以及给大家照相!但孜吾东似乎完全明白我的想法,并主动打理出了这种现场舞蹈氛围,真让我感到意外而感激。

昂扬的乐曲再度响起,人们重新对跳起来。不过,经孜吾东倡议之后,跳舞者明显减少,而且多是年龄偏大的人在跳舞。就这样,我有幸看到了最原始的多浪舞蹈。

多浪麦西莱甫的显著特点是质朴、粗犷和狂野。整个舞蹈过程实际上就是原始多浪人狩猎和欢庆狩猎成功的过程。

开始时,我注意到,人们以且克提曼(跟踪)的方式进入舞池。

轻点脚尖,随着手鼓的节奏活动手脚。孜吾东等男性舞者向左右伸出双手,拨开草丛树枝,寻找野兽。女人则紧跟男人,轮流把左右手举过头顶。没举起的手那只手则紧背身后——暗喻高举火把,照亮前方。

接着,乐曲变调,进入赛乃姆(搏斗)阶段。舞者们开始紧张的活动——敏捷地跳跃、拉弓射箭、挥舞木棒、用长矛痛击前方……并且从右往左或从左往右巡视防卫,围歼野兽。

此后,赛尼开斯提(消灭)开始了。随着曲调再次改变,舞蹈形式也大变。看着大家跳动的样子。你明显能够感觉到野兽正四处逃窜,男人女人形成包围圈在不断缩小,野兽已无处可逃。

最后色里玛(欢呼胜利)开始了。随着乐曲速度加快,每位舞者在原地急速旋转、旋转、再旋转。也就是此前我看到孜吾东和舞伴不断跳过的那种越跳越好的舞蹈动作。可以将其理解为古代多浪人欢呼狩猎胜利,也可以把他看成是整场多浪麦西莱甫的高潮部分。正是在这种音乐节奏的顶点上,音乐猛然停住,本场多浪麦西莱甫迅即结束。

乐队是买提尼牙孜从喀拉塔勒的巴扎上请来的。无论是业余乐队或专业乐队,他们显然都表现出了高超的演奏才能。多浪热瓦甫、卡龙琴和手鼓等乐器被其操持得如鱼得水,这场不期而至的多浪麦西莱甫被调动得色彩斑斓,高潮迭起。周围的年轻观众和院子中央的舞蹈者同时享受到了一顿舞蹈大餐。等到下一曲现代风格极强的维吾尔族麦西莱甫再度开始时,大家似乎还不能走出方才那种粗犷奔放的情景。一些聪明的小巴郎甚至学着刚才的部分舞蹈动作大跳特跳起来。

这是一个真正的夜晚。一个音乐和舞蹈的夜晚!在买提尼牙孜的泥屋土院里,人们的脚步踩踏得满院子尘土飞扬。院顶的葡萄架上,葡萄藤尚未完全爬满木架。一百瓦的灯泡用力照射着,每个人的脸上都泛射着一种质朴而热情的光芒。人们忘情地跳和唱。几名年轻的乐手也忍不住加入了舞者的队伍。跳的忘乎所以时,小女孩卡比努尔伸手从头顶的梨树上揪一个半生不熟的库尔勒香梨吃将起来——边吃边跳。另一个叫阿娜尔古丽的小女孩也学着她的样子揪个香梨吃。吃了一两口,一甩手,把梨扔进附近的园子里,以便更加专注地投入到这场更为盛大的乡村麦西莱甫狂欢之中。一些喝得满面红光的年轻人也赶来了。大家跳和唱呀,时间似乎都凝固了。

我和阿塔吾拉等人意犹未尽地哼着木卡姆歌曲回家睡觉时,已经是凌晨三点多钟了。

阿塔吾拉说:"明天晚上到二组去跳吧?卡比努尔家也要办麦西莱甫呢!"

果园的时间

我们路过吐尔逊古丽·乌拉洪家果园门口的时候,她正站在一棵大杏树的枝丫上摘杏子吃。她喊了声阿塔吾拉,就手把一个亮晶晶的小白杏朝我们扔来。随后冲我们招手说:"来,阿克西米西(小白杏),吃一下!"

我和阿塔吾拉,还有他同龄的好朋友牙森江——我们三人欣然接受邀请,朝果园走去。我们在这个果实飘香的园子里度过了一个难忘的上午。

吐尔逊古丽同样15岁,是喀拉塔勒镇初中三年级学生。时值盛夏,她正在家里享受自己初中阶段的最后一个暑假。

现在,我同这三位同龄的维吾尔族少男少女在一起。我们有一句没一句地说着话,不时把各自看中的杏子摘下来,用手指随便擦擦,放进嘴里。吃完杏肉后,再用牙咬开杏核吃杏仁。每一位新疆人都熟悉这种吃杏方法。大家说,吃了杏仁后,吃再多的杏子,也不会伤胃和伤身体,更不会拉肚子了!这道理兴许同新疆人吃完拉条子后务必喝一碗面汤的道理差不多。用汉族人的话说,这叫原汤化原食。

有时候,我们在同一棵树上摘杏子吃。有时候,则在各不相同的树上。当这几位少年哼着多浪歌曲或周杰伦的流行歌曲《东风破》从一棵树爬到另一棵树上的时候,我觉得这种时光美妙极了。我甚至认为,这种诗意盎然的田园生活,过一辈子也不会腻烦。

这是一个面积很大的果园,杏树、桃树、苹果树、李子树、石榴树和无花果树等,应有尽有。西边围墙下的两棵杏树上,分别拴着一只黑狗和一只白狗。也许看到我们同吐尔逊古丽在一起,所以它们一声不吭,只是躺在地上,懒洋洋地望着我们。也不知道这两只狗之间是什么关系?夫妻、兄弟、叔侄、姐妹?还是毫无血缘关系?总之,它们都是一副事不关己和若无其事的样子。这使我们觉得,整个果园都弥散着一种宁静安然的祥和气氛。

太阳斜挂在偏东方向。大树的边缘部位,斑驳的树叶影子经过微风吹拂之后,在地面上轻轻晃动。熟透的杏子们纷纷掉落在地——早落地的杏子变成了深褐色,新掉下来的则依然金黄或鲜红着,一种令人着迷的酒香和糜烂的微香,在果树林里四处飘荡。

有一年,由于风沙太猛,两根杏树枝被从中间部位分开。吐尔逊古丽的家人用一根粗草绳将其捆住。现在,两个树枝重新长到一起了,但草绳还没解下来——仍以一副极不放心的样子,拴挂在双方的身上。

又一年,苹果树用力过猛,结出的果实压塌了树枝。吐尔逊古丽的家人赶紧找一根带叉的木杆将其顶住,帮助树枝结熟了苹果,并长住了身子。

我们依次经过这些树,把它们的幸福和疼痛都看上一眼,记在心里。我们要和他们在一起。我们平静又真挚地抚摸和注望它们。

吐尔逊古丽的母亲喊她回去洗头发。她冲我们吐了一下舌头,转身朝家里跑去。

不一会儿,她又唱着歌,蹦蹦跳跳地回来了,手里拿着一个瓷碗。阿塔吾拉和牙森江似乎一下子就明白了她要干什么!

我们来到一个断裂的老杏树下面,用一个木片,把裂口处分泌出来的黄褐色树胶刮放到碗里。吐尔逊古丽洗过头后,把这些树胶稀释,均匀地涂抹在头发上,之后把头发梳成两根好看的粗辫子。走路时,每往前迈动一下脚步,长辫子都要轻柔地甩打在她高高翘起的臀上,看得人惊心动魄。

吐尔逊古丽说,杏树为了修补受损的伤口而分泌出了大量胶质。树胶就是天然的营养素,也是大树体内的精华物质。所以,很多人称此树精。抹过树精的发辫,不易蓬乱松散,且柔软而有弹性。头皮也不生皮屑及蚤虱。头发极易断裂、分叉或枯黄的女子,更应学会此法。所有抹过树精(胶)的头发,全部都会变得乌黑、油亮和浓密。

吐尔逊古丽说,沙枣树的树精也行。她朝村道旁的沙枣树林指了一下说:"这个地方,树精多得很。"

洗头并涂抹树精后的吐尔逊古丽,又蜜蜂一样飞进果园,在树上树下攀爬不休。令人心醉神迷的芬芳在杏树林里持续荡漾。

树。我的好兄弟,我们真正的亲人!站在这片幸福的果园里,我正深切感受着某种平静而强大的幸福与温暖。我被一种深沉又透明的光芒照耀着。我成为此刻沉醉的醒者。

其实,每一棵树,都是一盏灯,而香味就是神圣的光。光和香。反过来说,香和光!其语言效果和震撼力是一样的,浓烈程度和诗化成分也是一样的。

站在果园里,我想到有人说过的话。即人可以从树身上学到三种美德:抬头仰望天空流云;学会伫立不动;懂得怎样一声不吭。树这么亲近地长在我们身旁。这么牢靠和坚定有力,也这么神秘和神圣啊!

吐尔逊古丽、阿塔吾拉、牙森江,三个15岁的少男少女,像三个青春,抑或三个青春的念头。他们如此欢快轻盈地在果园里走来走去。比赛着摘杏子吃——看谁摘得杏子既好看,又好吃,看谁能一次就能把杏核咬破并吃到杏仁,看谁在树上攀爬得又高又险。

维吾尔语中的小白杏叫阿克西米西,意即白色蜂蜜。由于洁白清爽,好看又好吃,色日克克尔钦家家户户栽种此树。27%的含糖量堪称人间神果。吐尔逊古丽边吃小白杏,边捧一大捧小白杏到我跟前说:"阿克西米西。早熟的杏子,再不吃,今年就吃不上了!"

阿塔吾拉摘了一堆味美肉厚、外形美观的克孜达拉斯(红达拉斯)过来,牙森江则选摘了极适合晒制杏干和加工杏脯的克孜尔苦曼提(红公杏)。当然,他们还采摘了黑叶杏和李子等。世界上的杏子共有三千多个品种,新疆就有毛杏和油杏等一百多个品种。仅吐尔逊古丽家的果园里就有十多种杏子。

果园位于吐尔逊古丽家南侧,实际上就是她家的后院。

这个上午,我们吃了一肚子杏子、李子等果品。后来,吐尔逊古丽领我们到她家的侧屋和车库里,观看了小燕子的窝和老鹰的屋子。

整个上午,我们不仅吃饱了肚子,而且过得轻松自在,心满意足。我们并没有回家吃午饭。

阿塔吾拉说:"走,河边看看去。"

我们就来到多浪河边。

羊群在河边吃草,很多赤身裸体的巴郎在河里游泳。

少女阿娜尔古丽的时间

坐在院子里的香梨树下,少女阿娜尔古丽一件事都没做。大半个上午过去了,她就这么坐着。心里堵得满满的,但又似乎空无一物。是的,她的心里空落落的。

阿娜尔古丽今年17岁,是阿克苏市一所中学高中二年级的学生。这个暑假,她原计划到市中心的梦影音像行去打工。她都同音像行的何老板说妥了,每天帮助卖8~10小时的音像光碟,挣10元工资。但父母死活不同意。理由是家里盖房子,让她回来帮忙。但阿娜尔古丽知道,父母真实的想法是认为她年龄还小,不想让她过早在社会上混。最主要的还是怕她吃亏。

事实上,她在家里啥忙都帮不上。盖房子的活全包出去了。她能做的就是每天早饭和午饭后,各提一壶茶水放到工地上,之后就回到院子里看书写作业。

然而,暑假过去大半了,她的作业还没怎么做。现在,大半个上午都没了,放在梨树下花池瓷砖上的书包还没打开。她也不知道自己心里在想啥。只是这么百无聊赖地坐着。一会儿翻一翻《维吾尔族民间故事选》,一会儿又捡起一块小石头,在眼前的地面上画素描。她觉得有很多事要干。但又不知道到底该干啥!所以最终一件事都没做。

阿娜尔古丽长着典型的维吾尔族女孩的面容,牙齿洁白整齐,眉毛黑而浓密,梳一根粗长的黑辫子,头顶裹一条黑纱巾,纱巾上有白色巴旦杏图案。一连好多天,她都穿一件红色套头T恤衫,胸前有12个白色五角星图案。外面穿一件红色开襟外套。下身是一条深蓝色牛仔裤。脚蹬红色拖鞋。和人说话时,她总露出一种腼腆的笑。洁白的牙齿把她的健康与美丽展露无遗。

坐在香梨树下,她不时地垂下双手,并将其伸进大腿面上牛仔裤的两个带沿的口袋里。她不时抽动手指,上下翻动口袋上的遮沿。这时,她才注意到,牛仔裤的腿面上,上下各有两排带沿的口袋。加上大腿根部的斜口口袋和臀部的平口口袋,这条牛仔裤竟有8个口袋和一个拉链!前面的拉链是必不可少的。那么,要这么多口袋干什么呢?到底是因为实用,还是为了装饰?不得而知。反正阿娜尔古丽平素很少使用这些口袋。除了右臀口袋装着零花钱和左腿根部的口袋装钥匙外,其余口袋很少使用。但作为一个整体,无论用不用,所有口袋都得随时随地带在身上啊!让这些口袋空着。而空着就是一种存在样式。空着,就是实着的可能。空,正在永恒地期待。

昨夜的一阵大风,把树上的很多没长牢靠的库尔勒香梨吹落到地上。7月的香梨,半大不大。青涩坚硬的果实上,还有一层薄雾一般的茸毛。她就手捡起一个个头稍大点的,在两个手掌中间搓弄了几圈,又用拇指使劲擦了擦,放进牙齿间咬噬起来。青果有些酸涩,水分充足,果皮厚硬,甜味明显不够。她勉强咬了几口,并用力将其咽下去。这时她才意识到,自己的肚子在痛。这两天,她的小腹一直痛。从墙上日历中自己打的记号看,从上月到这个月——这一两天身上该来了!而每次来之前,显著的痛经症状几乎折磨得她茶饭不思,痛苦不堪。她终于明白自己不想写作业和不想干活的原因了!她知道,这种周期性的心烦意乱也许还要折磨她很久。听老人说,女孩子结过婚后,肚子就不痛了。但是——结婚,这是一个遥远得像梦一样的字眼啊!

她清楚记得第一次来月经时的恐怖心情。当时12岁,正上小学五年级。在语文课上,老师正在讲一篇作文,她突然感到一股巨大的热流涌出身体,感到一种从未体验过的灼热和隐痛呼啸而出。她意识到,有一种液体在两腿中心涌动。她吓得全身发软。站起身子时,这种热流沿大腿内侧缓慢往下移动。血!她提起裤腿看见了血。她当场就大哭起来。别的同学都说她生病了,全身流血。她以为自己活不成了。让同桌给老师请过假后,她用书包挡住臀部,流着眼泪,一瘸一拐地往家里跑去。回到家,没想到母亲一点也不担心,反而笑着给她找纸,并且说:"我的丫头子长大了。"

她记住了这种第一次的感受,并且有效适应和延续了这种感受。换个说法,她总能在痛经的折磨中体会到某种难以言喻的快乐。每一次第一天的流量特别大,但她可以偷偷地享受这种喜悦。比如一天清晨,在校园的草坪上晨读时,她感到一种巨大的热流汹涌而出,从最隐秘的世界的入口滑向体外。她体会到了一种空前的欢乐,全身剧烈地颤抖起来。她再次被体内的风暴所震撼,不由自主地紧闭双眼,发出一声不易觉察的快乐的呻吟。她的疼痛和烦乱大多发生在经期的前两三天。伴随着烦躁不安和小腹的坠胀和隐痛的,就是对异性的无尽渴望及幻想。她会假想出无数个男友,他们英俊潇洒,仪表堂堂。他们站在院子里,任她挑选和统领。她至今还没握过任何男孩的手。但这并不妨碍她的思念和想象。在意识深处,在梦里,她已同数不清的男孩接触过了。她认为自己需要这些想象中的男孩。需要在无始无终的期盼之中完善心中的男生形象。直到使其满足自己生理与精神的双重需要。她情不自禁地用香梨温润的肉核在沙土地面上画起肖像。画好后仔细一看,这个人原来是自己的同桌男生。她就不停地问自己:"难道我在想念同桌吗?"

像是,但又像不是。因为同桌远没有自己想象的男生那样成熟和有魅力。"可是,这样英俊成熟的男生在哪里呢?我这一生中到底见没见过自己心目中的白马王子呢?"她一遍遍想着这个问题,并追问自己。

大梨树长在家门口的花池里。对面的院子另一侧,则是木头搭建而成的高大的葡萄架。葡萄们边挂果边往前往攀爬,等到两个月后果实成熟的时候,葡萄会密密匝匝地爬满整个葡萄架。

院子后侧是由古老的伊斯兰木雕图案装饰而成的木屋,现在已成为家里的厨房。在这个古色古香的厨房门口,支撑葡萄架的木柱旁,是一个深绿色的吸水泵。只要插上电源,随时都会有旺盛的流水奔涌出来。

阿娜尔古丽家的新房盖在院子的北边。她站起身子,拍了拍臀部的泥土,朝工地走去。红拖鞋在院子里发出了踢踢踏踏的声音。

风车的时间(三)

自从这名年轻的苏联飞行员被捆绑在风车上之后,孜吾东·阿比布拉家的这间库房就变成了热闹非凡的巴扎。所有人都挤在门口和窗前,都想看看被逮住的老毛子到底长得什么样。

中午。一阵刺耳的飞机轰鸣声掠过之后,风车听到屋外的村道上响起了急切又狂乱的脚步声。

那时的孜吾东才20岁左右,是色日克克尔钦的民兵连长。他掏出口袋的哨子不停地吹,招呼民兵们紧急集合,并派出跑得快的人骑毛驴到公社报告情况。高音喇叭一遍又一遍用维汉两种语言广播:"紧急情况:发现敌机!"机枪和半自动步枪等全部放在公社武装部的弹药库里,想拿已经来不及了。孜吾东命令"有啥拿啥!"于是男人们举着坎土曼、铁锹、木棍、镰刀、斧头等朝胡杨林方向跑去。孩子们兴奋地吼叫着,一个个激动得满脸彤红。大家摩拳擦掌,又蹦又跳,都希望活捉敌人,争抢头功。当英雄豪杰,还是当懦夫与败类？一切都在此一举了！一种难以言喻的豪情和勇气，在每个人的胸膛里激荡。所有的人都在一种突如其来的飞机事件面前激动得难以自制。都拼命地大喊大叫，拳头紧握。都进入到一种大狂欢前夕的某种新奇而猛烈的期待与癫狂状态之中。

民兵分三个班从三个方向朝飞机跌落的方向包抄过去。附近几个大队的民兵也赶来了。大家呈拉网状朝飞机坠落的位置包围。

孩子们被呵斥着跟在大人们身后。由于情况不明，万一飞机上的敌人用机枪扫射怎么办？万一飞机突然爆炸怎么办？大人们不想让孩子参与这种真刀真枪的搜捕行动。可每个孩子都不愿意放弃这千载难逢的杀敌机会。如果没记错的话，这是头一回有飞机来色日克克尔钦。无论是大欢乐和大灾难，它都将是空前绝后的。是每个人有一万个理由应该参与其中的。谁要是自动放弃这种观赏的机会，那他肯定就是个勺子（傻子）。

孜吾东一手拿坎土曼，一手把腰里的英吉沙小刀紧紧握住。他还命令每个民兵都这么做。一旦发现敌人开枪，大家就一齐朝敌人扔飞刀。他跑在最前面。这是考验革命意志的时候。他必须身先士卒，不怕牺牲。

在靠近沙漠方向的一片胡杨林里，人们看到了这架飞机。很多人不知道这家伙的名字，就铁鸟铁鸟地喊叫个不停。

这是一架苏联空军轻型侦察机。飞越托木尔峰进行低空飞行时，由于突然出现故障，或许是没油了，致使飞机滑翔至中国境内。最终，在色日克克尔钦茂密的胡杨林的阻力作用下，这架侦察机成功着陆。

人们估计,飞行员很可能是希望在沙漠里着陆。因为,松软如水的沙地是飞机最理想的落地之处。从这里往南,再坚持一会儿,就是一望无际的塔克拉玛干沙漠了。但飞机显然没坚持住。倒是沙漠边缘地带上的大片胡杨树帮了大忙。落地时,飞行员肯定竭力拉动操纵杆,以避免飞机头着地。因为这架飞机落定之后,尾巴着地,飞机头还高高地向天空昂着。银灰色机身在阳光下明晃晃的。飞机内部的什么地方,正往外冒出一股股白烟。

这架原来不算太大的侦察机,此刻架树上,看起来是如此巨大。村民们穿过丛林,小心翼翼地朝飞机包围过去。

孜吾东把右手往上一举,站在离飞机不远的地方。其他人看见手势,也全部站在原地。由于飞机昂首天空,看起来好像随时有重新飞上天空的可能。

孜吾东首先意识到了这一点。他举起绳子,猛一挥手,七八个年轻力壮的民兵不顾一切地猛扑过去。他们站在最高的胡杨树上,把挽出活口的绳索像套马一样朝机翼扔去。很快地,他们把两个翅膀全部拴住,另一头牢牢地捆在几棵粗大的胡杨树上。

确信飞机跑不了时,大家又从各自的位置后退了一些距离,开始齐声大喊:"欧——呀搭!咆西!""欧——呀搭!咆西!"意思是那边,给你让路!希望飞机里的人赶紧出来。而内在含义有点像缴枪不杀!

村民们边喊边等待援兵和武器。一二十分钟后,飞机上的玻璃

219

护罩动了一下,并被慢慢推开,里面爬出一个浑身是血的飞行员。过一会儿,又爬出了另一个人。大家一下子停止喊叫,每个人都极其紧张地盯看着这两个穿军装的苏联飞行员。其中一个人头部的血把一只眼睛都糊住了。从往后倾斜着的机舱里钻出来后,这两个人惊恐、艰难又盲目地向上举着双手。

突然,喊声又响起来。持枪的援兵赶到后,大家砍倒一些胡杨树,把梯子架在飞机上,救出了苏联侦察机上的两名飞行员。

回到村里,由于一时还不知道要把两名俘虏送往何处,他们被临时绑在村口的大型标语牌上。标语牌上写着"深挖洞,广积粮,不称霸"九个大字。

天黑以后,村里的赤脚医生给飞行员包扎了伤口后,他俩被分别送到大队长家和民兵连长孜吾东家。孜吾东把这名俘虏拴在库房里的风车上。当时还年轻的妻子哈斯也提惊惶地问:"这个人在这里该咋办?"

孜吾东说:"先喂着,等上级通知。"

哈斯也提拿一个葫芦瓢到小队长家借面粉去了。她想借点细粮,给苏联老毛子做顿拉条子吃。但小队长家没细粮,他只借了小半瓢玉米面。于是决定给苏联飞行员煮顿稠一些的苞谷面糊糊吃。

风车看到,门口挤满了人。附近的哈萨克大队和和田买里的人也赶来看热闹了。人们把库房围了个里三层外三层。胆子大的年轻人走进屋子,划亮一根根火柴,在飞行员的脸跟前晃来晃去。他们都想亲眼看看真正的老毛子到底长得什么样子。

拉条子的时间

在孜吾东家生活的这些日子,我的生活似乎依然很有规律。每天早上,所有人都起床以后,我才起来。我起来的时候,牛羊早已出圈了,人们该忙啥都在忙啥。清新透明的阳光把清晨的花香和果香抚弄得满院都是。除了拴在狗窝门口的大黄狗例行公务似的吼叫几声跟我打招呼外,别的所有事物好像都在按照原有轨道有条不紊地运行。

孜吾东家没有洗脸盆。洗脸的时候,右手拿起手壶,往手指使劲拢在一起的左手心倒点水,然后放下手壶,用双手捧住水往脸上抹去。连续抹三次,就算把脸洗完啦!

洗脸之后,我就到棉花地里帮着打些顶,拔拔草,或者跟阿塔吾拉一起到多浪河边放羊。要是时间太短,就干脆在村子里转转,等饭吃。看到谁家的毛驴拉一车西瓜上坡很吃力的时候,我会跑上前去,帮着推一把。

孜吾东家的三顿饭很规律，甚至天天都一样。早上吃汤饭，中午喝茶水吃馕，晚上吃拉条子。汤饭也叫揪面片，是新疆人最爱吃的家常饭之一。尤其是喝完酒的人，都会吃一碗酸揪片子暖胃和解酒。

孜吾东家的汤饭简直是一锅大杂烩。除揪面片外，杏干、鲜玉米粒、辣子、南瓜、茄子、恰玛菇、西红柿等，应有尽有。有时盐轻，有时候盐重。盐的轻重完全依照女主人的心情而定。但无论盐轻盐重，吃饭的人谁也不会在意，盛进大碗端到手里就吃。吃完饭后，小伙子或姑娘们都会把剩在碗底的杏核一个个捡起来，放在嘴里咯嘣咯嘣地用牙咬开，把杏仁吃掉。而孜吾东、哈斯也提和儿童们咬不动杏核，就将其放在身旁的小板凳上，用石头砸杏仁吃。

比较来说，晚上的拉条子是每天最隆重的一顿饭，由家里三个女人合作完成。

六儿子库尔班的媳妇罕祖热姆是家里目前较年轻的媳妇，端庄漂亮，身手灵巧。所以，盘在大木盆里并且早已饧好及用清油涂抹过的面，就由她来拉扯，以及在面板上摔打。她巧手如飞啊，三弄两弄，就把一根面拉成满满两大把，缠绕得双手都看不见了。之后，她离开大炕前的面板，来到院子一侧的铁锅跟前。这时，七儿子乌江阿不拉的20岁的媳妇阿依姆古丽立即揭开锅盖，让罕祖热姆把面下进锅里。

阿依姆古丽已经怀孕7个月。她挺着肚子干活，主要任务就是打开锅盖或盖上锅盖，以及用筷子搅动锅里的拉条子，防止它们沉底糊锅。待拉条子煮熟后，将其捞进放在一旁的凉水盆里。由于罕祖热姆极其能干,三根拉条子就被她拉出一大锅。

　　59岁的哈斯也提是家里真正的女主人,因而拥有至高无上的权威。她的任务就是站在被凉水拔过的面盆跟前,往碗里捞面和舀菜。当她把汇炒在一起的羊肉和蔬菜盖在碗里的面条上以后,有人会首先端送给孜吾东一碗,尔后依次拿出筷子,各端起面条,吃将起来。做饭的人则最后吃饭。要是谁还没吃饱,罕祖热姆和阿依姆古丽会争着放下还没吃完的饭碗,去面盆里取面拉扯和下锅。如果大家都吃饱了,剩下的面则留待来日早上做汤饭用。

　　家里没有餐桌。但每个人都有自己固定的吃饭地方。孜吾东喜欢坐在小木凳上,哈斯也提、罕祖热姆、阿依姆古丽喜欢盘腿坐在院子一侧大炕的墙边,库尔班、乌江阿不拉兄弟坐在炕前,把碗放在炕沿的毡子上,阿塔吾拉和几个更小的巴郎子则把碗放在毡子上,趴在大炕上吃。买买提江、依斯拉木和多斯曼等坐在院子里的拖拉机拖斗两侧,左手端碗,右手拿筷子吃。筷子是用桑树枝削成的。吃汤饭时,每个人手里拿的则是用核桃木掏制的木勺。

　　孜吾东坐的小木凳极其有趣。凳面用一根白杨木削制而成,长约30厘米,但两个凳腿只有茶杯那么高。类似矮木凳家里有很多。头一次看到这种矮小的板凳时,我忍了忍没忍住,扑哧一声笑出声来。我实在不明白,这么大的地方,这么大的院子,这么高大威猛的维吾尔族男人,为何把天天要坐的板凳做得如此袖珍呢?是木头极度短缺和珍稀,还是舍不得用木头做板凳,抑或根本就不屑于做板凳?这件事我至今也没弄明白。

223

另一件令我意外的事是,无论春夏秋冬,无论男女老少,全家人全部喝生水,一两岁的孩子也不例外,从棉花地里收工回来,不管中午还是晚上,每个人要做的第一件事就是站在木桶跟前,用红色塑料水瓢舀起生水,咕嘟咕嘟猛喝一通。吃完饭后,大家连嘴也顾不上擦一把,就依然轮番站在木桶前舀生水喝。孜吾东说,他两岁开始就喝生水了,一点事情也没有。唯一的例外是吃药的时候,才烧一次开水服用。近些年,他总是腰疼,双腿也有关节炎,需要饭后喝玫瑰糖浆和鹿茸药汁等维药。但不吃药时,他仍然喝直接从井里打出来的生水。

我试着喝了一次生水,结果胃肠两三天都不舒服。看来,我的肠胃功能已经严重退化了。我只好跑到喀拉塔勒镇给我的朋友和翻译、阿克苏市委宣传部副部长吐拉甫江·吐尔逊先生打电话,希望送些矿泉水过来。我承认了自己无能的身体。

孜吾东家门口的道路两旁,有两排栽了8年的年轻白杨树。长着长着,树尖全部干死。有十几棵白杨树甚至连根死掉了。每次路过时我就想,这些树可能也是不喜欢喝生水才活不成的吧!只不过这种生水的概念是盐碱度过大而已。

有时候,我忙于记笔记,一时顾不上吃饭。孜吾东就坐在我的饭碗跟前,往自己嘴里送一木勺饭,再腾出手,从我的饭碗上方挥舞一下,徒劳地驱赶趴在碗沿上的黑压压的苍蝇。实在赶不及了,他就掏出怀里卷莫合烟的废报纸,扯出一块盖在我的碗口上。看见苍蝇又趴在报纸上,他还是一遍又一遍地用手去撵。

孜吾东一共生了十个儿子,目前还有八儿子努尔阿不都拉、九儿子吐尔阿不都拉和十儿子阿塔吾拉没娶媳妇。对他和老伴哈斯也提来说,现在最发愁的就是给儿子娶媳妇。

他家共有43亩地,其中2亩种小麦。另外41亩全种上了棉花。今年的长绒棉的市场价格是7元至10元一公斤,棉花收入可达9万多元。我来的10天前,他花钱盖了6间新房,光买一个蓝色防盗门,就花了1200元。

给儿子娶个媳妇的话,光清油就得买50公斤,小麦需要300公斤,羊要宰5个或7个。另外,买萨巴克(耳环)和戒指要花8000块,还要买手链和项链等。如果没准备上2至5万块钱,就根本无法把媳妇娶回家。

我吃饭的时候,阿塔吾拉把自己没舍得吃的杏核砸开,把杏仁拿过来给我吃。我也舍不得吃,就拿去让阿依姆古丽的姐姐家3岁的女儿艾克拜尔吃。这时我才发现,这个3岁的小女孩竟然蹲在地上,高举一块石头——自己砸杏仁吃!

风车的时间(四)

我第二天就要离开村子了。这天晚上,罕祖热姆说啥也要让我看一看她跟库尔班结婚时的录像光碟。

本来,全家人计划这天晚上给我举办一场色日克克尔钦最盛大的欢送麦西莱甫。但我拒绝了。我认为看光碟这件事或许更重要。

家里没有放光碟的 DVD 机,罕祖热姆就叫库尔班到村里的一户人家去借。半个小时后,库尔班空着双手回来了。他说,这家人到阿克苏走亲戚去了。罕祖热姆用维吾尔语跟他商量了一阵子后,让他带上手电筒,到多浪渠西边的二组去借。

我们早已吃过晚饭。现在,我同这家人一起坐在院门口小路边的圆木堆上,一边看满天的星星,一边不停拍打飞落到脸上、脖子上或手背上的蚊子,有一句没一句地聊天。圆木是新房盖好后,在院子里搭葡萄架用的。现在它们全部剥光了皮,像裸体的少男少女,安静而无辜地俯卧在路边,承载并倾听着我们。

罕祖热姆双手攀握住婆婆哈斯也提的一只胳膊,极其温驯乖巧的把裹着红头巾的脑袋倚靠在她的肩膀上,说一些婆媳间都感兴趣的话。阿塔乌拉则坐在我身旁,一会儿询问乌鲁木齐的书店有多大,一会儿又问我:离新疆最近的海洋是哪里?他甚至还问:要是一只北京的苍蝇跟人一起进了飞机的话,那么人到了新疆,这只苍蝇是在飞机起飞的时候撞死在飞机上,还是会跟人一起飞到新疆?这个连火车也没坐过的15岁的少年,完全想象不出这个世界高速旋转时的变化与模样。

罕祖热姆和婆婆哈斯也提胜似母女的亲昵状态,让人羡慕得有些嫉妒。我突然意识到,在这个夏夜里,在辽阔的大地上,在塔克拉玛干大沙漠边缘的这个宁静的村庄里,原来还有如此纯净而真切的生活样式存在着———一种让人深感幸福、温暖又恬美的光阴,一种朴素而真挚的爱。

可以说,他们婆媳间这个极为简单的动作,很多女人花一生的时间也求不来,学不会。

我听到罕祖热姆在叫我的名字。她把脸颊抬离婆婆的肩膀一点后,转向我说:"我们一辈子嘛,都是朋友,对吗?"

这是个疑问句,同时也是肯定的句子。我还能怎么回答,只能连连点头说:对对对!

过了一会儿,罕祖热姆又抬起头说:"我有女儿嘛?你教汉语。你有女儿嘛?我教维语。我们婆婆嘛,小学老师当呢!去乌鲁木齐嘛,我们看你嘛!"

罕祖热姆用不太流利的汉语说出了一种深情而真挚的期待,同时也说出了梦想。她知道,哈斯也提年轻时是色日克克尔钦村的小学教师。她相信,要是我将来有个女儿的话,他们全家人肯定能教好她的维吾尔语。

手电光从村头晃晃悠悠绕过来——库尔班终于借回了影碟机。我们全部离开圆木堆,来到库尔班家铺满花毯子的大炕上。

光碟放出来后,颜色偏红。库尔班说,这是电视机的原因。他跑到了院子里,把父亲孜吾东家的电视机抱过来,才看到正常色彩的婚礼录像。

风车停放在屋子的一角,上面搭满了衣服和头巾。

由于要盖新房,原来的旧房拆掉了。风车一时没地方放,库尔班就将其搬进自己的屋子。

此时,风车安静地站在那里,满眼风霜地看我们,也跟着我们一起看录像。

库尔班是孜吾东和哈斯也提的第六个儿子。两年前,也就是2004年4月20日,他娶回了当时20岁的漂亮女孩罕祖热姆。小夫妻形影不离,恩爱无比,小日子过得幸福美满。

罕祖热姆说,这是他们第二次看自己的婚礼录像。看第一次是在光碟刻制成以后。当时他们正在度蜜月。一转眼,时间过去了两年多。她没想到时光已跑了两年。也没想到婚礼光碟过两年才看一次。而这次要不是因为我在的话,谁也说不上要过多久才能看一回。可是,时间怎么就跑过去了两年呢?感觉结婚好像就是昨天的事啊!刚刚结婚,刚当上新娘子——怎么时间就跑了两年呢?

这是一个长达三个小时的光碟。摄像师耐心细致地拍下了举办好几天的婚礼的全部过程——从准备工作,迎亲队伍出发到新娘和新郎家,所有参加婚礼的人员和所有细节都拍到了。

电视机放在大炕顶头华丽的铜皮木箱上,我们坐在另一头看。我注意到,刚开始时,罕祖热姆坐在库尔班身后,搂着库尔班的脖子,用一只眼睛从丈夫肩头的空隙往前看。看见自己一下子从电视上出来,并且被全家人和客人如此专注地观看,她感到羞涩而难为情。后来,她慢慢适应了大家的静心观赏,坐到丈夫旁边,双手不停地搓动库尔班的一只手。再后来,她坐在一个她自己缝制的坐垫上,怀里又紧紧抱住一个坐垫。仿佛这两个坐垫能够吮吸掉她全部的羞怯和紧张情绪。

我坐在大炕中央,好奇地关注她。我看到罕祖热姆把好看的脸颊用力埋进双手抱握的坐垫里,只留一双眼睛看着前面。看到自己出场的时候,还不停地用牙揪咬坐垫。

我看到她满脸彤红,双眼里闪烁着兴奋而喜悦的泪光。

对一个22岁的乡村女孩来说,婚礼无疑是她这一生中最为辉煌灿烂的时候,是一个生命的盛宴。婚礼录像显然真切又准确地记录了这一切,记录了她盛开的时刻和最生动的青春。甚至可以说,婚礼是最豪华的生命大餐,是女人一生中最奢侈的时刻。站在这个青春的分水岭上,女孩子一眼就能望见自己攀升的身影和平和而有力的叹息。正是这种时候，向上的路和向下的路尽收眼底。

我是个外乡人。对罕祖热姆来说，能让一个外乡人亲眼看到自己青春的火焰和饱满的记忆——这肯定是一件意义重大的事情。因为经我这么一看，她就可以安心地去干别的重大的事情了。比方说，她肯定能养出好几个健康漂亮的儿女，并能够把儿女们的婚事也举办得隆重精彩而奢华。比方说她成为21世纪的阿曼尼莎罕，把多浪木卡姆演唱和发展得精美绝伦。

我说，照张相吧！让我们用相机记住这个时刻。

罕祖热姆像小鸟一样飞到库尔班身旁，斜坐在毯上，双手扶住库尔班的肩头，满心欢喜地看着照相机镜头。他们背后的墙边是堆放整齐的被子，一侧则是正在播放光碟的电视机。这一刻，婚礼上的他俩正在跳舞。

晚上睡觉的时候，罕祖热姆点燃一盘蚊香，放在窗台上的破酒瓶底上。阿塔吾拉又找来一个很厚的酒瓶底，点根蜡烛放进里面，将其搁放在墙边的圆凳上。他知道，每天临睡前我都要记笔记或看会儿书。

新房盖好后，房头架子上吊砖头和水泥的粗木杆还没来得及卸下来。它成天被傻挂在那里，像大人们忘记领回家的孩子。

后半夜起风了，我听到鸽子们站在高高的横杆上咕咕咕地叫。而那个吊砖的木杆则被风吹动着，不停地撞击墙头，发出时轻时重的沉闷击打声。全家人都睡得那么踏实和安稳啊，只有我翻来倒去睡不着。我老担心木杆撞坏了墙头，担心沙尘暴带来一场不大不小的地震。

　　我听到了几声扑通扑通的倒塌声。我知道，孜吾东对靠在墙外的 70 块土砖被大风刮倒了。这些土砖都快干了。要不了多久，它们就能铺建出一个宽大而温暖的大炕啦。炕上又可以睡出一群又一群的孩子，并把孩子们睡养成大人和老人。

　　我看了看墙角的风车。

　　古老的风车仍然精神抖擞地站在那里。

　　风车没有哭，也没有笑。

　　风车似乎在无声地诉说着时间的光华和秘密。